D1387068

LES ESCLAVES
DE XICOR

Il est minuit à l'univers.
La lumière d'ombre.
Astres enchaînés.
Les incréés.
Miroirs d'univers (traduit en néerlandais)
Cap sur la terre.
Les diablesses de Qiwâm.
La tour des nuages.
Mortels horizons.
Principe omicron.
Les fontaines du ciel (traduit en espagnol)
La cloche de brume.
Dô, cœur de soleil.
Moi, le feu.
Le zénith... et après ?
Le proscrit de Delta.
La légende future.
Une morsure de feu.
La nuit solaire.
Le troubadour de minuit.
Les renégats d'Ixa.
Coup dur sur Deneb.

Dans la collection « Grands Romans » :

Par le fer et la magie (traduit en tchèque)
Le carnaval du cosmos (traduit en néerlandais)

Dans la collection « Angoisse » :

Crucifie le hibou.
Batelier de la nuit (traduit en espagnol)
Le marchand de cauchemars.
Créature des ténèbres.
Chantespectre.
L'ombre du vampire (traduit en allemand)
Mandragore (traduit en italien)
Lucifera.
Le miroir.
La prison de chair.
Le manchot (traduit en allemand et en flamand)
Le moulin des damnés.
La mygale (traduit en allemand)
Moi, vampire (traduit en espagnol, allemand, flamand, néerlandais)
Les jardins de la nuit (traduit en néerlandais)

MAURICE LIMAT

LES ESCLAVES
DE XICOR

COLLECTION « ANTICIPATION »

ÉDITIONS FLEUVE NOIR
6, rue Garancière - PARIS VIᵉ

PREMIÈRE PARTIE

LES HOMMES D'ARGENT

CHAPITRE PREMIER

Le Prince Ritiger est mélancolique. Le Prince de Xicor est plus triste que jamais.

Ritiger, debout sur la terrasse de cet édifice austère qui constitue le palais gouvernemental, contemple d'un œil morne le spectacle plus morne encore qui s'offre à sa vue. La ville. Ce qui fut la belle, la glorieuse, l'ardente et active cité de Xicor, principale métropole de la planète.

Xicor... un petite monde situé quelque part dans la constellation du Poisson Austral. Soumis à la tutelle de trois astres. Hélas ! ces soleils sont si lointains qu'à eux trois ils n'ont jamais, depuis l'éternité, réchauffé fortement la surface de la planète. Curieuse disposition ! Leur ballet sans début ni fin a ceci de particulier qu'ils apparaissent à tour de rôle dans le ciel de Xicor. Qu'ils ne sont guère que trois grosses étoiles sans beaucoup de lumière ni de chaleur. Mais qui répandent par ce relais une clarté incessante. Si bien que ceux de Xicor ne connaissent pas la nuit. Ils vivent perpétuellement dans ce jour relatif. Leurs organes visuels y sont adaptés. Résultat : ces humanoïdes de morphologie universelle sont des quasi-nyctalopes.

Xicor, cependant, connaît la vie. Végétation, faune, hydrographie, tout est de nature philohumaine. Et une race assez belle s'y est développée.

Ritiger, le prince actuel, n'aurait donc aucune raison particulière de se désoler. Xicor, depuis des décennies (en mesure locale) a des contacts avec quelques humanités-sœurs, venues d'autres univers. Ce qui a permis le développement d'une technicité nouvelle. Une période de prospérité a suivi.

Hélas ! La grande cité se meurt. Faute d'énergie.

Les réserves de carbone sont épuisées. Xicor n'a pu s'offrir le luxe de construire des usines nucléaires, sa civilisation n'étant pas assez avancée. Des convois interstellaires ont bien tenté d'apporter le matériau nécessaire à l'établissement de centrales mais, par une suite de malheurs, aucun n'a pu joindre la petite planète qui grelotte sous ses trois maigres soleils.

Ritiger et les Sages qui le conseillent en un régime dont l'autorité est basée sur la collaboration et la douceur d'un peuple industrieux et pacifique, ont résolu de sauver leur monde par leurs propres moyens. Ils disposent de quelques vaisseaux spatiaux (construits sur la Terre lointaine, une planète du Centaure, et une de Cassiopée). Le meilleur de ces astronefs est parti en mission, avec charge de trouver à tout prix une source neuve d'énergie. L'hydrographie de Xicor est insuffisante à faire mouvoir des turbines. L'alimentation solaire est inexistante. Ce qui équivaut au charbon et au naphte est désormais usé. Il faut trouver « autre chose ».

Ritiger soupire. L'astronef n'a plus envoyé de messages depuis longtemps. Et devant lui, plus sombre, plus froide que jamais, la ville agonise. On retourne petit à petit vers les plaines et les monts pour tenter d'y cultiver les racines et les fruits comestibles. Ritiger constate amèrement que sa civilisation évolue à l'envers.

Bientôt, si cela continue, Xicor glissera doucement vers un mode rustique qui risquera, plus tard, d'aboutir à l'état sauvage. Si bien que les philosophes, les poètes, les artistes et les constructeurs de toute sorte qui ont modelé cette race au cours des millénaires auront travaillé pour rien. Déjà, des exactions sont signalées. Famine, chômage, révoltes. Tout ce qui annonce la fin d'une ère qui fut prospère en dépit des médiocres conditions climatiques.

Ritiger lève les yeux. Deux étoiles se détachent de la voûte. Une lumière qui serait qualifiée partout ailleurs de crépusculaire irradie. Quand ces astres se coucheront, le troisième apparaîtra. Un peu plus proche, il assurera convenablement le relais. Et Xicor continuera sa course d'éternité baignée de cette même clarté, tandis que les deux autres jetteront leurs faibles rayons sur l'hémisphère opposé.

Une vibration, analogue à un coup de gong, tire Ritiger de sa rêverie.

Le Prince de Xicor revient vers la salle qui atteint à la terrasse. Il y a là un vidéo dont l'écran fonctionne encore, par à-coups, comme tout ce qui relève de l'alimentation électrique en voie d'appauvrissement et dont on distribue le courant avec une parcimonie strictement mesurée.

Ritiger touche un bouton. L'écran s'éclaire —

faiblement — et, en dépit des interférences, des parasitages qui ne permettent plus une rigoureuse sélection des ondes, un visage apparaît.

Juvénile. Rieur. Encore un adolescent ou presque.

Le visage de Ritiger a un sourire qui détend son visage crispé.

— D'Tmir !... Toi !

Son fils !

— Père... Père !... Une grande nouvelle !...

— Dieu du Cosmos ! Qu'est-ce que tu veux dire ?

— Père ! « Ils » reviennent !

Ritiger a un coup au cœur. Il n'ose encore espérer...

— Parle vite ! Mais parle donc !... Ce serait... ?

— L'astronef ! Le commandant Wlic'k et les siens !... Oui !... La tour de contrôle d'Astroxicor les a signalés ! Message reçu !

— Ah !...

Ritiger a exhalé ce « Ah ! » qui en dit long. Mais D'Tmir ne veut pas le faire languir plus longtemps !

— Père ! Écoute ! Ce n'est pas tout ! Ils ont trouvé !

Ritiger serre les dents. Sur l'écran, les lignes dansent et le visage du jeune homme oscille, se déforme. Sa voix ne résonne dans le micro que très indistincte.

— Répète ! Mais répète donc ! crie Ritiger qui s'énerve, redoutant — ou espérant — d'avoir mal compris.

— Oui... Une forme énergétique... On ne sait pas encore quoi... Mais Wlic'k assure que c'est efficace...

— Fantastique ! Si c'était vrai !

— C'est vrai, père... Mais... Il y a un « mais »...

— Dis vite !

16

— On ne sait pas... Les émissions sont tellement malaisées...

— Bien sûr ! fait Ritiger en haussant les
épaules. Mais a-t-on tout de même une idée sur
ce « mais » ?

— Il semble que cette source d'énergie soit
dangereuse, très dangereuse...

Ritiger a un geste vague. Il le sait bien ! Dès
qu'on amène une novation dans pareil domaine,
il y a, sur tous les mondes, une même réaction.
Les ennemis du régime, refusant fanatiquement
de voir l'intérêt général, s'élèvent contre ce qui
contribue au bien commun, alléguant les périls
inévitables qu'amène immanquablement toute
technique inédite. Et puis, chez tous les
humains, il y a méfiance envers l'inconnu...

Cependant D'Tmir s'emballe avec la fougue de
sa jeunesse :

— Père... Je viens te chercher... Nous allons à
l'astroport... Il faut que le Prince soit là pour
recevoir les héros de l'espace, peut-être les sauveurs de Xicor !

— Tu as raison !

— J'arrive avec l'actovol !

Un ingénieur avisé avait cherché, au cours de
la période décadente provoquée par la carence
énergétique, un moyen de transport à la fois
pratique et indépendant d'autre force motrice
que la nature. Jouant sur le fait que Xicor,
monde dénué de grande chaleur, était soumis à
un climat assez rigoureux où dominaient les
vents violents, il avait imaginé un planeur per-
fectionné qui utilisait les courants aériens.
Certes, un entraînement sévère était indispensable à la conduite de tels engins. Mais les résultats
étaient surprenants.

Dès son jeune âge, D'Tmir qui avait reçu une
éducation soignée le préparant à son futur rôle

princier, s'était passionné pour l'actovol. Si bien que ce fut lui qui vint en personne chercher Ritiger au palais, pilotant un actovol avec une grande dextérité.

Le Prince s'embarqua aussitôt et l'engin piqua vers l'astroport, survolant au passage la grande cité.

Vu d'en haut, le spectacle n'était pas moins désolant. On distinguait les usines aux cheminées veuves de toute fumée. Les voitures mécaniques stagnaient, inutiles, aux carrefours. Ne passaient que d'ancestrales carrioles traînées par les wigs, quadrupèdes rappelant les lointains cousins qu'étaient les ânes de la Terre. Et, çà et là, un actovol glissait sur les courants aériens.

Ritiger était silencieux. D'Tmir, lui, jacassait, avec l'enthousiasme de son âge. Il disait toute l'espérance qui était en lui. Il faisait confiance aux astronautes de Wlic'k. Une forme inédite d'énergie! Ce serait la résurrection de Xicor.

Son père écoutait, approuvant simplement de quelques hochements de tête. Il était sceptique, se refusant à un espoir qui sombrerait dans la déception.

Et puis, il voyait!...

Des groupes humains. Presque toujours donnant une impression de véhémence, de mouvement irrité. Il y avait parfois un personnage grimpé sur un siège, une borne, une pierre quelconque, qui haranguait les autres, et l'écho de cris hostiles parvenait aux oreilles du Prince. D'Tmir, lui, soucieux de la direction assez délicate de l'actovol, ne semblait se rendre compte de rien et parlait seulement de l'avenir. Ou peut-être faisait-il semblant.

Ritiger savait de quoi il retournait. Le mécontentement grondait. Une révolte était immi-

18

nente. Même si on le renversait, si ceux de Xicor mettaient fin à sa dynastie, quel régime rendrait la prospérité à la malheureuse planète ?

Mais les vents étaient forts, comme presque toujours en ce monde froid. Un peu de neige voltigeait et les nuées cachaient souvent ces flambeaux pâles qui entraînaient Xicor avec eux. D'Tmir utilisait habilement les couches atmosphériques et la force des aquilons pour mener son engin. Si bien que la cité fut très vite dépassée. On survolait déjà la plaine. Ritiger voyait ce qu'il connaissait depuis toujours, les collines rougeâtres bordant l'horizon. Là-bas, une partie de la population, écœurée de la ville désormais stérile, tentait de survivre.

On approchait de l'astroport. Des hangars abritaient les quelques astronefs constituant la flotte spatiale mais les actovols abondaient, seuls capables à présent d'assumer le service aérien. Il y avait divers types d'avions, de soucoupes et autres appareils. Mais ils paraissaient à jamais rivés au sol. Pour l'expédition commandée par Wlic'k, on avait accumulé les dernières réserves énergétiques de Xicor.

L'actovol se posa. Ritiger et son fils furent reçus avec les honneurs dus à leur rang par le commandant de la base et ses officiers. Le Prince balaya rapidement les modalités du protocole. Il les acceptait comme nécessaires au bon ordre mais ne les prisait guère. Quant à D'Tmir, il disait en riant qu'il supprimerait tout ça s'il lui advenait un jour de régner après son père.

— Ainsi, nous attendons l'astronef ?
— Oui, Prince.
— Les messages ?
— Incorrects. Brouillés. Mais permettant toutefois de penser que l'arrivée est imminente...

On conduisit les princes au salon de réception

19

de l'astroport. Ritiger donnait des signes d'impatience. Heureusement, les émissions captées depuis le vaisseau spatial se succédaient, toujours fragmentées, mais confirmant non seulement la venue de l'astronef, affirmant également le succès de l'expédition.

Cela dura encore un temps équivalant à deux heures terrestres. Puis la tour de contrôle put retransmettre l'image du navire de l'espace sur divers écrans. Enfin, on distingua la carène à l'œil nu. Les derniers instants furent assez agaçants mais enfin, le Prince Ritiger et son fils, avec l'état-major de la base, purent accueillir le commandant Wlic'k. Il parut, salua à l'orée du sas et vint, encadré de quelques cosmatelots, se mettre aux ordres du Prince.

Ritiger se sentait fébrile mais il gardait beaucoup de dignité, se maîtrisant pour ne pas montrer son impatience :

— Je crois que je dois vous féliciter, commandant. Votre mission est donc couronnée de succès ?

— Que Votre Excellence n'en doute pas ! Nous ramenons une réserve d'énergie.

— De quel type ?

Wlic'k demeura muet quelques secondes. Il était visible qu'il cherchait ses mots. Ritiger vint à son secours :

— Vos messages annonçaient que ladite provende paraissait dangereuse ?

— Elle l'est, Prince !

— Pouvez-vous me donner un détail concernant sa nature ?

— Je puis dire qu'elle émane d'une forme insolite de nébuleuse qui cerne une petite planète aux confins de notre constellation.

— Nature donc parfaitement inconnue ?

— Très exactement.

20

Ce dialogue énervait et inquiétait Ritiger. Wlic'k paraissait réellement mal à l'aise :

— Commandant... Me direz-vous enfin comment vous avez pu récupérer une partie de ce potentiel énergétique ?

Il parut aux assistants que le commandant du vaisseau spatial pâlissait :

— J'ai le regret, Excellence, fit-il en avalant visiblement sa salive, de vous avouer que — jusqu'à nouvel avis — seul un élément vivant, biologique, est susceptible de capter, emmagasiner, et rediffuser cette force mystérieuse.

— Dois-je comprendre qu'il faut que des êtres humains ou animaux soient mis en cause pour obtenir la catalysation ?

Wlic'k, le faciès blême, acheva, d'une voix étranglée :

— Oui. C'est la vérité ! Et trois de mes hommes en sont... les victimes !

CHAPITRE II

Ils étaient là tous les trois. Impassibles. Calmes. Rien ne transpirait de l'état d'esprit qui était le leur. On les considérait, dans une certaine mesure, comme des héros. Des martyrs aussi peut-être.

En réalité, on ne savait guère encore quel sort serait le leur.

Ils vivaient dans ce département de l'hôpital de Xicor. On avait à la hâte aménagé un appartement en prenant soin d'isoler parois, plafonds, planchers, avec un revêtement de plomb qui stoppait les radiations. Il leur avait été interdit d'entrer en contact avec leurs proches et ils avaient dû se contenter d'apercevoir femmes, enfants, parents, amis, à travers une cloison vitrée.

Une équipe spécialisée de médecins et infirmières s'occupait d'eux. Et comme il fallait bien les examiner, les suivre, ces personnes ne les approchaient, ne les touchaient, que revêtus de combinaisons analogues à celles qu'endossent les tenants de l'énergie nucléaire. Tout cela, comme presque tout ce qui relevait de la technique sur Xicor, étant produits d'importation.

Leur cas passionnait les praticiens, sans préjudice du danger que ces trois hommes pouvaient représenter. Danger pour ceux qui les approchaient. Mais aussi espérance pour la planète tout entière. Ne portaient-ils pas, dans leurs organismes mystérieusement contaminés et mutés, un potentiel dynamique susceptible de remettre en marche machines, usines, centrales, transformateurs, émetteurs, etc. ? Tout ce que la carence énergétique laissait en friche depuis plusieurs phases de la rotation planétaire.

Ils sont là. Ils vivent en vase clos, jouant parfois au Koj, sorte de tarot en faveur de Xicor. Ou ils lisent, de ces ouvrages présentés en cassettes où un mécanisme à remontoir libère à la fois une page de texte, susurre un commentaire enregistré et montre une image animée correspondante. Une vie morne, sans joie ! Sinon peut-être la satisfaction de représenter le salut pour leur peuple.

Paraissent-ils encore normaux ? Non ! Depuis qu'ils ont été irradiés sur ce monde lointain, leur morphologie s'est modifiée. De façon interne, c'est incontestable, les tests sont tous formels. Mais, ce qui est spectaculaire, c'est que leur épiderme s'est mis curieusement à devenir luisant. Très légèrement d'abord, puis de façon plus accentuée. Bien que demeurant souple, la peau prend des reflets d'argent. Enfin, après plusieurs semaines, c'est carrément un aspect métallique qui est le leur. Ils ont l'air de véritables statues d'un joli blanc-gris brillant. Trois hommes d'argent...

Jusque-là, rien ne paraît atteint dans leur physiologie. Ils se portent apparemment bien, s'alimentent, respirent, dorment de façon naturelle. Mais les médecins n'en sont pas moins inquiets sur leur avenir. Et on redouble de précautions quand il s'agit de les approcher, ce qui est quotidiennement indispensable. Les trois cosmonautes se prêtent d'ailleurs de bonne grâce à tous les examens.

Le Prince Ritiger a souhaité les voir, les féliciter. Il a fallu au souverain de Xicor se plier à la discipline hospitalière. D'Tmir, naturellement, a voulu accompagner son père, ainsi que quelques dignitaires. Tous, revêtus des tenues isolantes, ont donc pu converser avec les hommes d'argent. Ils ont assisté à une séance de tests médicaux, ce qui leur a permis d'admirer ces étranges nudités. Il leur a paru qu'ils voyaient de magnifiques robots, des idoles fondues dans le métal précieux, mais mouvantes, bien vivantes. Les cosmonautes ont répondu avec simplicité aux questions et aux propos du Prince et, sans nul doute, ont apprécié l'intérêt qu'il leur portait, le courage qu'il a montré en n'hésitant pas à entrer en contact avec eux. Alors que, pour bien d'autres, ils sont maintenant de véritables pestiférés.

Une grande salle assez nue, froide, peu accueillante. On a disposé un écran et un projectionniste s'affaire autour d'un appareil de cinéma.

L'état-major médical reçoit le Prince. Les dignitaires. Quelques journalistes triés sur le volet. Et D'Tmir, naturellement. Qui n'est pas seul mais accompagné d'une charmante personne. Roxa. Fille d'un gouverneur des cités du Sud, nul n'ignore les liens qui l'unissent au fils du Prince. Mince, petite, de cette curieuse blondeur cuivrée, très cuivrée, des humanoïdes du Sud, elle regarde D'Tmir de ses yeux verts, translucides, où le jeune homme aime tant à se refléter. Mais présentement tous deux viennent assister, avec ce que Xicor compte de personnages influents, à une projection particulièrement importante. Et Roxa, déléguée de son gouverneur de père, aura à charge de lui faire un rapport sur le film qui va être présenté.

Un homme est là, qui a pour mission de commenter les images.

C'est le commandant Wlic'k. L'homme qui commandait le dernier astronef en service de Xicor. Il est grave. Il ne sait que trop ce que peut coûter sa découverte. Et il est chargé présentement de commenter les images qui vont être projetées.

Il ne s'agit évidemment pas d'un montage à la technique impeccable, mais seulement de séquences prises par un cosmatelot au hasard des événements.

Le médecin-chef de l'hôpital s'incline devant le Prince et lui demande si on peut commencer.

— Quand vous voudrez ! dit Ritiger.

On éteint la lumière, la lumière désormais assez faible en raison de la carence des centrales. Mais les Xicoriens ne prisent guère les violentes clartés. Aussi s'accommodent-ils fort bien de cette situation. L'écran ne bénéficie que d'un éclairage modéré mais encore une fois les yeux des autochtones sont faits pour de telles fréquences.

Wlic'k parle. Il s'efforce de donner un peu de couleur à son récit au fur et à mesure que les clichés apparaissent. Voici donc l'approche d'une petite planète inconnue, aux confins de la constellation, autour d'un soleil assez éloigné. Mais un soleil plus ardent cependant que les trois étoiles qui dominent Xicor. Et puis les modalités de l'atterrissage.

Wlic'k explique qu'il s'agit de la treizième escale. Jusque-là, avec son équipage, il a visité soit des mondes habités avec une évolution plus ou moins avancée, voire demeurant au stade de la barbarie, soit des astres totalement stériles. Nulle part il n'a trouvé ce qu'il cherchait. On retrouve évidemment un peu partout (du moins chez les évolués) l'électricité, les gaz naturels, la chute d'eau, la géothermie aussi (impraticable sur Xicor qui ne dispose pas d'un matériel suffisant pour les forages). Les divers aspects du carbone, houille, tourbe, naphte même, mais tout cela n'apprenait rien aux cosmonautes xicoriens. Passons, ajoute le commandant spatial, sur ceux qui ne s'éclairent et ne se chauffent qu'au bois... Et puis il y a eu cette escale !

On a vu quelques images correspondant au commentaire. Sans intérêt puisque tout cela est soit épuisé, soit irréalisable sur Xicor. Mais l'attention de l'assemblée s'éveille. On regarde ce monde mystérieux qui, peut-être, est susceptible de fournir l'élément salutaire.

Wlic'k explique comment on a prospecté ladite planète. En général un monde stérile où la vie animale et végétale est inexistante. Un grand froid malgré le soleil, bien plus que sur Xicor qui ressent la relative chaleur de ses trois astres tutélaires.

Des terres à perte de vue, un relief médiocre. On dirait une immense balle qui roule dans l'infini. La respiration y est impossible aux humanoïdes. Donc on ne s'y déplace qu'en scaphandres, ce qui ne gêne guère les cosmatelots accoutumés aux escales sans oxygène.

Et puis on a cru apercevoir des montagnes, un formidable mouvement de terrain. Des séismes se produisent. Des éléments d'origine volcanique parsèment la surface de l'astre.

Le film montre en effet ces amas noirâtres détectés par les éclaireurs, dont le cameraman faisait partie. On s'approche et c'est pour constater qu'il s'agit en réalité de masses nuageuses compactes stagnant au-dessus d'une certaine zone. Là, il semble que le sol soit chaotique, crevassé, bouleversé en plus d'un endroit. Et c'est de ces multiples ouvertures fréquemment fulgurantes que naissent ces nébulosités que le vent ne semble pas parvenir à disperser tant leur densité est forte. Quel est ce phénomène ?

On voit les hommes dans leurs armures spatiales qui avancent avec le maximum de précautions. Les compteurs, style de l'ancestral Geiger (importé depuis la Terre), sondent le terrain. Le film est muet et on n'entend pas le dialogue par les walkies-talkies. Du moins l'attitude des cosmonautes est formelle. Ils ne comprennent pas. Pas encore.

Wlic'k explique que, jusque-là, on ne savait rien. Et puis le chef du petit commando, un sous-officier du bord, a décidé d'aller plus avant avec deux volontaires. Ils se sont détachés du groupe et se sont enfoncés dans cette masse nébuleuse plus que sombre qui stagnait au ras du sol à certains endroits.

A partir de ce moment, ils ne sont plus filmés que de loin. Mais on distingue très nettement (Wlic'k le souligne) des sortes d'éclairs incompréhensibles sillonnant ces nuages noirs. Les formes vagues des trois pionniers sont encore discernables, puis elles se fondent.

Un peu après, ils reviennent. Leurs camarades étaient anxieux. Ces trois hommes, désormais, tout Xicor connaît leurs noms : Boww, Tra'z,

Kipfl. Ce sont eux les êtres humains qui semblent façonnés d'argent pur.

Quand ils sont revenus, rien encore de spectaculaire. Mais leurs allures étaient bizarres. Ils paraissaient étourdis, titubants, puis saisis de façon brusque de réactions quasi tétaniques.

Et, sur l'écran, (Wilc'k explique le cliché) voici la première manifestation de cette étrange mutation.

Boww titube. Kipfl lui tend la main pour le soutenir.

Une étincelle jaillit de leur contact, les ébranlant tous deux, faisant reculer les camarades qui arrivent à la rescousse.

A partir de ce moment, explique encore Wlic'k, les autres ont commencé à réaliser le caractère insolite du comportement des trois hommes. Et ils ont, d'instinct évité de les toucher.

Images du retour à l'astronef. Rencontre avec Wlic'k lui-même et les autres membres de l'équipage. Les trois éclaireurs sont encore normaux, du moins en ce qui concerne l'apparence physiologique. Mais déjà, on a compris qu'ils sont sursaturés d'un fluide inconnu.

Alors, la quarantaine commence. Dépouillés des scaphandres, eux-mêmes déposés dans un coin de la soute du vaisseau spatial, ils sont examinés, avec la plus grande prudence, par le médecin du bord. Réactions curieusement électromagnétiques qui inquiètent fortement l'équipage. Et puis la révélation.

S'ils touchent une lampe, elle s'allume spontanément. A leur passage, les appareils se mettent en marche tout seuls. Le circuit promenant le courant à travers le navire est survolté. Wlic'k se résigne à ordonner l'isolement des trois hommes.

Ils s'y soumettent volontiers. C'est le voyage

du retour, non sans que l'escale ait été prolongée de façon à envoyer un second commando vers la contrée aux fantastiques radiations. Naturellement, nul ne s'est aventuré à s'enfoncer dans ce nuage stagnant, dans cette masse de ténèbres striée d'éclairs. Du moins a-t-on constaté, en amenant divers appareils à portée, que ces derniers réagissaient selon des fréquences ignorées, telles que plusieurs ont été fortement court-circuités et sont devenus hors d'usage. Plus de doute! On a découvert enfin la source d'énergie souhaitée.

Oui, mais...

Toute captation par les catalyseurs normaux s'est avérée impossible. Wlic'k a décidé de mettre fin à toute expérience. Et au cours du retour vers Xicor, on a constaté un autre phénomène, encore plus inquiétant celui-là.

Les trois hommes, surchargés d'énergie (jusque-là ils ne semblent pas s'en porter plus mal) changent d'aspect. Leur peau devient curieusement piquetée de petites parcelles brillantes. Puis cela s'accentue et leur épiderme change, presque à vue d'œil. Sous les yeux effarés de Wlic'k et de tout l'équipage, leurs trois camarades sont devenus des hommes d'argent.

Le film s'arrête. Le commentateur en a terminé. La suite, on la connaît. On ne la connaît que trop.

Un silence lourd pèse sur l'assemblée tandis que la lumière revient. Ritiger remercie Wlic'k d'un signe de tête. Tugoo, son bras droit, administrateur général de la cité, s'approche :

— Prince, vous plairait-il que nous assistions maintenant à une expérimentation pratique ?

Ritiger sent un coup au cœur. Il a compris. Il va s'agir de montrer comment Boww, Kipfl et Tra'z, les hommes d'argent, sont susceptibles de dynamiser tout l'appareillage plus ou moins en panne de l'hôpital. Et tout ce que cela laisse supposer pour l'avenir.

Le Prince a donné son assentiment.

CHAPITRE III

Tous les assistants portaient maintenant des lunettes noires. Certes, la lumière était d'autant plus ténue que l'affaiblissement des centrales ne permettait plus une vive fréquence. Mais les Xicoriens, accoutumés au faible jour de leurs trois soleils, s'accommodaient fort bien d'un tel état de choses. Cependant, ce n'était pas sans raison qu'on prenait de telles précautions.

D'Tmir était profondément ému. Jeune, enthousiaste, il demeurait d'une très grande sensibilité. Il avait toujours su aimer passionnément. Ayant perdu très tôt sa mère, il adorait littéralement le Prince son père. Et puis il y avait Roxa...

Elle était près de lui et il se sentait heureux d'une telle présence. Il était de ceux qui se donnent à un seul amour et il entendait bien, un peu plus tard, épouser officiellement la fille du gouverneur du Sud.

33

Présentement, il n'avait qu'à tourner la tête pour voir le joli visage qu'éclairaient les yeux d'un vert étrange, visage serti du cuivre ardent de la chevelure. Il suffisait que Toxa lui sourît pour qu'il trouvât la joie de vivre.

Cependant D'Tmir redoutait ce qui allait se passer.

Il était convenu qu'il ne s'agissait jamais que d'une expérience scientifique. Médecins, savants, techniciens, devaient offrir une nouvelle démonstration devant les officiels des résultats de leurs études sur le cas des trois cosmonautes si singulièrement mutés en vivantes idoles d'argent.

Mais c'était justement ce qui faisait mal au sensible D'Tmir. Si courageux qu'il fût, considéré même un peu comme un casse-cou depuis son plus jeune âge, ardent aux exercices du corps, sportif déjà accompli, pilote d'actovol, il demeurait celui dont l'âme délicate ressent toutes les vicissitudes du monde.

On allait opérer sur trois êtres humains. Trois de ses coplanétriotes, frères en l'humanité cosmique. Trois hommes victimes d'un phénomène encore inconnu. On savait qu'ils avaient accepté leur sort avec dignité. Et tout cela paraissait cependant bien douloureux à D'Tmir.

Ils entrèrent. Boww, qui avait été sous-officier à bord du vaisseau spatial. Un garçon qui restait grand, solide et qui apparaissait comme un androïde luisant dont il fallait faire effort pour reconnaître les traits, non déformés, mais ayant pris de singulières lueurs depuis la transformation. Il en était de même pour Kipfl plus massif, pour Tra'z, petit et trapu. Trois gaillards vigoureux. Et désormais rien que trois mannequins ambulants. Mais vivants. Bien vivants.

Ils étaient revêtus d'amples robes d'un tissu

blanc, léger et souple. C'était leur tenue depuis qu'ils hantaient l'hôpital, observés, sondés, étudiés, mais tenus à une certaine distance par le personnel médical.

Ils saluèrent et Ritiger et les autres rendirent le salut. Puis l'expérience commença.

On avait disposé un certain nombre d'appareils, machines de petit format, ainsi que des pupitres où s'enchevêtraient les connexions. Des tableaux lumineux attenaient à ces divers éléments afin de montrer visuellement les fréquences obtenues lors des essais qui allaient suivre.

Un médecin et deux infirmières s'avancèrent. Ils portaient des combinaisons isolantes, des masques d'un matériau transparent et allergique aux radiations (le dépolex venu des mondes techniquement évolués). Naturellement ils étaient soigneusement gantés pour éviter toute contamination par contact. Il s'était en effet avéré que ce qu'on appelait le « cas » des trois cosmonautes risquait de devenir terriblement contagieux.

Il y avait, parmi les assistants, un homme profondément triste. C'était le commandant Wlic'k.

Revoir ainsi ses compagnons d'aventures réduits à ce sort misérable était bien fait pour affliger l'officier des randonnées interstellaires. Certes, peut-être sa mission avait-elle réussi. Peut-être la force mystérieuse que ceux qu'il s'obstinait encore à considérer comme des hommes portaient en eux pouvait-elle amener le salut à Xicor déficient. Il n'en était pas moins vrai qu'on devait admettre d'ores et déjà que les cosmonautes étaient perdus et qu'ils ne trouveraient jamais une vie normale.

D'Tmir, qui estimait beaucoup Wlic'k et entretenait avec lui des liens amicaux en dépit de leur différence d'âge (il lui avait servi de moniteur pour les études astronautiques) s'apercevait parfaitement de l'attitude de l'officier. Bien sûr, Wlic'k demeurait très droit mais D'Tmir le connaissait bien et lisait sur son visage l'affliction profonde qui le tenaillait.

Il sentit une pression douce sur son bras. C'était Roxa qui s'apercevait de son mouvement vers Wlic'k et lui souriait pour l'apaiser.

Cependant les expériences commençaient.

Le puissant Kipfl avait été prié de s'asseoir sur un siège de bois, parfaitement neutre. Les officiants ajustaient des électrodes sur sa tête, ses poignets, ses chevilles, ainsi que sur le plexus solaire, la robe ayant été légèrement échancrée. Il s'était en effet avéré que ces points du corps paraissaient localiser plus violemment la force inconnue que l'homme d'argent recelait.

Branchement sur une petite dynamo. Les assistants étaient primitivement conviés à examiner l'appareil et à constater qu'il ne supportait aucun autre branchement, aucun apport énergétique.

Puis, accompagné des commentaires d'un spécialiste en électronique, on déclencha ce curieux système homme-machine.

Tous, silencieux, attentifs, étaient tendus vers le résultat.

Il fut positif. On distingua tout de suite un léger ronron, puis la dynamo commença à frémir. Une minute plus tard elle fonctionnait à plein rendement et tous ceux qui étaient experts en technique pouvaient affirmer que la fréquence atteinte dépassait de beaucoup les résultats généralement obtenus à partir d'une centrale.

L'homme, lui, l'homme qui était le véritable

générateur, ne semblait pas s'en porter plus mal. On l'interrogea et il répondit de façon très naturelle (quoique avec la voix légèrement déformée analogue à celle que diffuse un micro) qu'il ne ressentait qu'une très légère impression, impression qu'il lui était d'ailleurs impossible de définir. En tout cas, et c'était l'essentiel, il n'éprouvait aucune fatigue et se déclarait prêt à continuer longtemps comme ça.

On le remercia et ce fut le tour de Boww.

D'Tmir, regardant le sous-off prendre place à son tour sur le siège, en avait froid au cœur. Il avait la désagréable impression que ces hommes étaient, non de simples sujets d'études, mais des suppliciés. C'était sans doute exagéré, cependant sa grande sensibilité ne pouvait s'interdire de penser ainsi.

Toutefois, le jeune prince, se réglant sur son père, conservait une attitude très digne et cherchait à montrer une grande impassibilité de traits. Roxa, il est vrai, ne devait pas être dupe et il lisait bien des choses dans le beau regard couleur d'émeraude (ces gemmes abondaient dans la région où régnait le père de la jeune Xicorienne).

L'expérience, dont Boww faisait en quelque sorte les frais à partir de son organisme métamorphosé, se déroula sans grande surprise. Cette fois, sans même le secours d'électrodes et de contacts, par simple rayonnement, on assista à la dynamisation de divers appareils à pulsion électrique par radiation pure. C'est-à-dire que la seule approche des points cruciaux du corps de Boww suffit à faire jaillir des étincelles, à allumer des lampes, à provoquer des réactions électromagnétiques.

Et Boww, comme son camarade Kipfl, assura, la séance terminée en ce qui le concernait, qu'il n'en éprouvait aucune lassitude, qu'il ne ressentait nulle déperdition de force.

Ce qui était d'une importance capitale. On commençait en effet à estimer parmi la gent scientifique présente que la réserve énergétique paraissait, jusqu'à nouvel avis, sinon inépuisable, du moins inhérente et ce pour un temps encore indéterminé au bon état de santé des sujets. Si bien qu'on pouvait espérer que les trois hommes d'argent représentaient un apport d'une valeur considérable pour l'industrie de Xicor.

Cela pourrait-il s'étendre ? Il n'était certes pas question de se servir de trois individus, fussent-ils aussi fantastiquement mutés, pour alimenter toutes les centrales de la planète, voire simplement de la cité capitale, mais pouvait-on du moins admettre qu'ils constituaient, à eux trois, une sorte de circuit de secours au pouvoir largement étendu.

Certains personnages imbus de prérogatives au sein du gouvernement que présidait Ritiger commençaient à murmurer entre eux, à échanger des idées, à formuler des hypothèses. Un certain courant s'établissait et, devant le désastre qui menaçait le monde de Xicor tout entier, il était certain que diverses pensées commençaient à se faire jour.

Mais on n'en avait pas terminé. C'était maintenant le tour du troisième et dernier homme d'argent, le petit Tra'z.

Il était court et large, paraissait aussi fortement bâti que ses compagnons. Il se courba légèrement devant Ritiger et, comme les deux autres, s'assit sur le siège isolant.

Le technicien qui faisait office de speaker expliqua à l'assemblée qu'on allait tenter une accélération de la centrale de l'hôpital. Comme tous les circuits encore en service dans la vaste cité, la fréquence était déficiente et il n'était que de constater la faiblesse de l'éclairage pour s'en rendre compte. Derrière leurs verres noircis, les assistants n'avaient guère eu l'occasion jusque-là de redouter la violence de la lumière.

Tra'z subit comme Boww les contacts des électrodes. On régla les connexions, on disposa des fils, on enfonça des fiches et, après tout un cérémonial technique agaçant, Ritiger, les gouvernants, les scientifiques et les représentants de la technique industrielle, purent enfin voir se dérouler la dernière phase de cette séance exceptionnelle.

Tout d'abord cela se passa bien. Cette fois, les lunettes noires n'étaient plus superflues, en raison de l'augmentation très nette du potentiel éclairage. En effet, les lampes brillaient d'un éclat inaccoutumé et, on devait le reconnaître, nettement supérieur aux fréquences généralement diffusées en temps normal, un temps d'ailleurs qui semblait appartenir au passé.

Mais tous admiraient cette illumination insolite. Tout paraissait briller, flamber, étinceler sous des flots de clarté ruisselant à partir des éléments disposés pour l'éclairage dans la vaste salle. Jamais on n'avait été à pareille fête de lumière et leurs yeux évolués dans le sens de la perception d'une clarté relativement faible auraient été blessés sans l'apport des verres adéquats.

Et tout cela, à leur grand émerveillement, émanait de l'organisme d'un SEUL homme, de ce petit athlète qui se tenait, très sagement installé sur une chaise de bois, et qui propulsait à travers les circuits une force inconnue, une énergie telle qu'on n'aurait pas encore osé en rêver, surtout depuis l'appauvrissement des réserves naturelles ou industrielles de Xicor.

Les commentaires allaient bon train et on discutait déjà des possibilités extraordinaires qu'une telle découverte allait amener dans l'avenir. Les assistants imaginaient avec enthousiasme le retour à une prospérité qu'on croyait perdue à jamais. D'aucuns osaient déjà parler d'une puissance exceptionnelle accordée à Xicor. Leur monde tiendrait en échec les autres planètes évoluées de cette zone galactique du Poisson Austral. On parviendrait peut-être (l'imagination humaine ne connaît plus de bornes dans certains moments d'exaltation) à voir naître le moment où on n'aurait plus besoin de l'apport des mondes techniquement avancés, comme le Centaure, comme la Terre et quelques autres.

Xicor triomphante ! Xicor orgueilleuse ! Xicor autonome dans la Galaxie surtout ! Voilà ce que les hommes d'argent apporteraient dans un avenir qu'on voulait espérer des plus proches !

Mais trois hommes d'argent pour un rêve aussi phénoménal, c'était évidemment insuffisant, très insuffisant.

Plus la lumière augmentait d'intensité, et plus l'enthousiasme général montait lui aussi de fréquence. Ritiger gardait un sourire bienveillant, un peu supérieur. Il se refusait, dans la dignité de sa charge, à se laisser aller à ces débordements qu'il jugeait peut-être quelque peu excessifs, tout au moins prématurés.

D'Tmir, avec la fougue de sa jeunesse, oubliant presque le triste sort des hommes d'argent (des victimes, il les tenait pour des victimes) bavardait joyeusement avec Tugoo, l'adjoint de son père, et naturellement Roxa. Ce qui ne lui interdisait pas de se rendre compte qu'il y avait quelqu'un qui ne semblait pas partager la folie collective : son ami Wlic'k. Le commandant de l'astronef demeurait à l'écart. Il conversait avec Boww et Kipfl, lesquels, ayant terminé ce qu'on pouvait appeler leur numéro, se tenaient modestement en dehors de tout cela. Et bien entendu, les deux hommes d'argent avaient soin de ne pas toucher celui qui avait été leur commandant lors de l'étonnant voyage interplanétaire.

On se demandait quand cesserait la montée lumineuse, qui en effet poursuivait son processus. Vint le moment où la clarté devint si vive que les Xicoriens en sentaient les effets à travers les verres protecteurs et clignaient des paupières tant l'intensité était vive.

Tout à coup, les scientifiques réagirent :

— Tra'z... que ressentez-vous ?

— Il faut stopper !

— Le contact ! Coupez le contact !

Un technicien bondit vers un tableau, saisit une manette et l'abaissa.

Mais trop tard !

A la fraction de seconde même, il y avait une formidable déflagration. Les dynamos qui percevaient directement l'apport fluidique émanant de l'homme d'argent se bloquèrent dans un jet d'étincelles. Toutes les lampes éclatèrent, projetant des débris de verre et de fils brûlants sur les assistants. En un instant, ce fut le noir absolu.

Les Xicoriens, nous l'avons dit, sont nyctalopes. Ils y voyaient mal cependant, étant depuis un bon moment frappés par la violence de la lumière ainsi en constante augmentation. Il leur fallut donc quelques instants pour se rendre compte de ce qui venait de se produire.

Les langues allaient bon train et on échangeait des propos véhéments, voire acides. Mais plusieurs entouraient le siège de bois où se tenait Tra'z.

Ou ce qui avait été Tra'z.

D'Tmir, le cœur étreint d'une indicible angoisse, s'était approché avec les autres. Un peu en retrait, il distinguait Wlic'k, entre les deux hommes d'argent encore vivants.

Parce que Tra'z était mort.

Parce que, à sa place, il n'y avait plus qu'une masse informe, une masse qui demeurait apparemment d'argent, mais d'argent terni, comme si ce métal, ce métal si bizarrement né sur un organisme humain, avait été passé au four. La formidable étincelle avait tué Tra'z. La force jaillie de lui-même avait fait sauter le circuit autonome de l'hôpital mais, par la même occasion, provoquait la mort de celui qui n'était plus vraiment un homme normal. Et ce qui était son enveloppe épidermique, mutée en un subtil alliage biométallique, paraissait littéralement avoir été pétri. Ce qui donnait un tas grisâtre évoquant vaguement, très vaguement, les lignes et les formes d'un humain. La robe blanche avait été en quelque sorte brûlée et agglomérée avec ce qui n'était plus qu'une ébauche de statue.

Immobile à jamais.

Et on entendit un des assistants, le ministre Tugoo, homme toujours réaliste et précis, qui prononçait ces simples mots :

— On dirait qu'il a été fondu dans un creuset !...

On ne pouvait résumer plus succinctement, plus exactement non plus, ce qu'ils constataient les uns et les autres. Ritiger ne disait rien, profondément songeur.

Wlic'k et les deux hommes d'argent restaient muets. Mais que pensaient-ils ?

CHAPITRE IV

Le Prince Ritiger allait et venait dans la vaste salle du Conseil.

Les conseillers, accoutumés à le voir ainsi, demeuraient impassibles sur leurs sièges. Le Prince jetait un coup d'œil, un de plus, par la vaste baie qui lui montrait une large partie de la cité. Et ce qu'il voyait, nul ne l'ignorait, n'était pas fait pour lui remonter le moral.

Il revint vers eux :

— Les derniers renseignements quant à la tenue de la population ne sont pas favorables, vous le savez. On me signale encore des émeutes dans les Etats du Sud. Il y a des blessés, peut-être des morts. La famine menace...

D'Tmir assistait de droit au conseil. Il faisait son éducation de futur prince de Xicor. Si toutefois la dynastie était protégée, si la planète ne sombrait pas dans un quasi-retour à la barbarie. Et son père prononçait des paroles qui lui allaient droit au cœur. Les États du Sud... C'était là que gouvernait le père de Roxa. Un homme solide, énergique. Mais pourrait-il endiguer la fureur d'un peuple mourant de faim dans le naufrage des techniques ?

Tugoo prononça, d'une voix toujours égale, mais nette :

— Excellence ! Ici aussi, la colère populaire gronde. Certains résultats de l'expédition Wlic'k ont filtré. On chuchote que nous pourrions trouver une forme inédite d'énergie. Autrement dit le salut, la renaissance de notre industrie, de toutes nos activités. Or on prétend que, pour une raison inconnue, nous bloquons les résultats, nous nous refusons à utiliser cette provende...

Igill intervint. Igill appartenait à ce sexe que, sur Xicor, on reconnaissait depuis longtemps comme fréquemment supérieur au masculin grâce à l'énergie, au bon sens, à l'esprit de dévouement et à bien d'autres qualités qui le caractérisaient :

— Dans ce cas, une seule solution : faire repartir un astronef, le dernier que nous sommes en mesure de lancer dans l'espace, à la quête de ce fluide magique. Je ne pense pas, ajouta-t-elle en se tournant vers le commandant Wlic'k qui assistait lui aussi au conseil, que notre éminent camarade s'y opposera.

Wlic'k, ainsi en cause, se mordit les lèvres.

— L'éminent conseiller Igill me fait confiance. Merci. Mais, ajouta-t-il, vous étiez absente, lors des démonstrations effectuées devant le Prince et nous-mêmes au laboratoire de l'hôpital où sont traités mes... mes malheureux compagnons. Et ne vous l'a-t-on pas dit, l'un d'entre eux...

Igill coupa vivement :

— Le salut de Xicor est en cause, commandant ! Faut-il reculer, et ce pour la mort d'un seul individu ? Un homme ne se doit-il pas à sa planète-patrie ?

Wlic'k, dont les yeux lançaient des éclairs, riposta :

— Je ne suis pas de ceux, conseiller Igill, auxquels il convient de rappeler leur devoir. Il n'en est pas moins vrai que, si un soldat peut mourir glorieusement au combat (et nous aurons sans doute encore à affronter dans l'avenir la race des Phoars de Glo) autre chose est de sacrifier délibérément des êtres humains, en une action qui conduit, tôt ou tard et nos scientifiques sont formels, à une mort inéluctable !

Ritiger, mécontent de cette agressivité entre deux conseillers, intervint :

— Il s'agit en effet d'humains. J'ai le regret d'apprendre, par la voix de nos meilleurs savants, que des expériences ont été tentées sur des animaux, à partir des radiations émises par les deux hommes d'argent survivants. Échec ! Échec total ! L'animal est insensible, semble-t-il, à ce phénomène et, partant, il est inutile de se servir de lui pour la captation de ces émanations...

Igill ne se tenait pas pour battue.

— J'avais en effet envisagé les essais sur les animaux et je n'ignore pas, Excellence, que cela a été tenté sans succès. Mais il paraît que le très éminent docteur Loxx a une autre idée...

— Le plasma ! ne put s'interdire de crier D'Tmir.

— Oui, Prince, le plasma. Loxx pense créer un potentiel important de plasma, à partir de matières organiques traitées. On obtiendrait ainsi une masse vivante, très proche de l'humain sur le plan histologique et on espère que ces tissus artificiels seraient susceptibles d'atteindre à la catalysation de l'énergie observée par la mission Wlic'k sur ce planétoïde jusque-là ignoré.

— C'est très juste, dit Ritiger, et nous en avons été bientôt informés. Il n'y a qu'un obstacle. Cette réalisation, non seulement coûtera très cher, mais encore elle exige un très long temps de fabrication.

— Et sans doute, nota Igill, le résultat demeure hypothétique !

— Oui, malheureusement !

D'Tmir, acharné à éviter le traitement terrifiant sur les humains, tenta autre chose :

— A-t-on essayé sur des végétaux ? Après tout, rien ne prouve que...

— Pardonnez-moi de vous interrompre, Prince, dit le conseiller B'Nmor, mais on a bien entendu envisagé ce procédé dans nos laboratoires. En vain ! Jusqu'à nouvel avis, la force qui stagne sur ce monde lointain et qui représente désormais notre seul espoir ne pourra nous être transmise que par le canal de la nature humaine !

Il y eut un grand silence dans la salle du conseil.

Chacun songeait. Par instants, des échos venaient au-delà de la baie, indiquant que des meetings se tenaient, que des manifestants défilaient dans les rues. Et tous mesuraient l'impuissance du gouvernement à faire repartir les éléments moteurs qui redonneraient la prospérité à la cité et à la planète tout entière.

Tugoo dit soudain, d'un ton singulier :

— Il y a des condamnés, dans les prisons de Xicor.

Les autres tressaillirent. D'Tmir frissonna. Il était évident que plus d'un, sinon tous, avaient déjà envisagé cette possibilité. Mais nul n'avait encore eu le courage — ou le cynisme — de poser ouvertement la question. Car cette simple proposition se passait de commentaires quant à ses suites.

D'Tmir protesta :

— Vouer des hommes à ce sort... Ce serait indigne, conseiller Tugoo !

Ritiger, ennuyé, fronçait le sourcil. Mais Tugoo conservait son calme.

— Je comprends la générosité et l'indignation du jeune Prince. Mais avons-nous le choix ?

— Non, certes, dit nettement Igill.

Wlic'k sentait des pensées contradictoires. Cela serait odieux, peut-être, que de livrer des forçats à ce sort étrange. Mais au moins éviterait-on que des cosmatelots subissent les effets des radiations du planétoïde mystérieux.

Tugoo, lui, tenait à son raisonnement :

— Et si un condamné, au lieu d'être livré passivement au bourreau, telle une bête à l'abattoir, acceptait de servir de catalyseur ? Il connaîtrait avant la fin une heure de gloire et sa mort ne serait pas inutile...

— Belle occasion de rachat, j'en conviens, intervint Igill.

Ritiger semblait ébranlé et il regardait le conseiller Tugoo, celui en qui il avait toute confiance, avec un œil indiquant le haut intérêt qu'il trouvait en cette proposition. D'Tmir, lui aussi, se reprenait. Les autres, en majorité, approuvaient.

À partir de la tenue de ce Conseil, on travailla ferme, dans la cité majeure de Xicor. Wlic'k prépara une nouvelle expédition, avec un équipage trié sur le volet. Pourtant, un certain mystère entourait les préludes du départ vers l'espace. En particulier on se méfiait de l'espionnage.

Xicor avait, depuis un siècle, une rivale en la petite planète Glo, elle aussi située dans le Poisson Austral. La race des Phoars, assez belliciste, ivre de conquêtes, semblait avoir été colonisée autrefois par une population venue de très loin et dont on ne savait pas grand-chose. Mais les Phoars avaient fait leur profit de l'apport technique de ces conquistadores oubliés, sinon par eux. Et à leur tour ils prétendaient à envahir leurs voisins. Il se trouvait que Xicor était précisément le monde le plus proche (relativement !) et que des conflits avaient éclaté à plusieurs reprises.

Il fallait éviter à tout prix que les Phoars soient au courant de la tentative des Xicoriens, d'autant qu'ils étaient déjà renseignés sur l'appauvrissement énergétique de leur voisine spatiale et devaient s'armer pour tenter un nouvel assaut.

D'Tmir avait proposé que des volontaires (et non des criminels condamnés à mort) soient recrutés pour devenir les vecteurs de la force inconnue. Sans grand résultat. D'autre part, il avait déclaré qu'il voulait faire partie de l'expédition, auprès de son ami Wlic'k. Et Ritiger avait accepté, fier de son fils.

Ce dernier avait eu de longues discussions avec son ami Wlic'k. Surtout sur le plan moral. Ils étaient d'accord au moins sur un point ; ceux qui seraient amenés à capter le fluide fantastique devraient être, condamnés ou non, des volontaires.

— Je répugne à voir mes cosmatelots, ou mes passagers, voués à un tel destin, disait l'officier des étoiles. Mais y livrer contre leur gré, des condamnés... Non ! je n'ai aucune vocation pour le rôle de bourreau !

Et D'Tmir ne pouvait qu'approuver.

48

Tout fut enfin prêt. Finalement, six hommes consentaient à subir la formidable mutation. Six, attendant jusque-là la mort dans les prisons de Xicor. Ce qui retirait un poids des consciences de Wlic'k et de D'Tmir.

Et puis il y eut l'inattendu. Une personne de plus à bord de l'astronef.

Roxa, fille du gouverneur du Sud de Xicor et fiancée officielle du prince D'Tmir, fils du régnant, s'enrôlait parmi l'équipage.

Et comme D'Tmir lui-même s'avouait ravi d'une telle attitude, nul ne songea plus à s'opposer à sa venue à bord.

CHAPITRE V

D'Tmir était appuyé contre la paroi de dépolex. Plus qu'un hublot, une véritable échappée sur l'espace.

Il n'en était pas à son premier voyage spatial. Mais la catastrophe constituée par l'appauvrissement de l'énergie sur Xicor ne lui avait plus permis de récidiver après un « baptême de l'espace » sous les auspices de son ami Wlic'k.

Wlic'k, lequel commandait présentement le seul vaisseau encore en service, les autres unités de la flotte de Xicor étant astreintes à demeurer passivement au sol, avec la majorité des engins de l'aéronautique. Et tout cela faute de carburant.

D'Tmir songeait. Le fils de Ritiger, avec son naturel enthousiaste, aurait dû être fou de joie à la pensée que le monde où régnait son père ne tarderait pas à retrouver son activité et, partant, sa splendeur passée. Malheureusement, D'Tmir demeurait réaliste en dépit de son jeune âge. Profondément sensible et humain, il pensait à ceux qui seraient chargés de transporter dans leurs organismes les éléments de cette force stupéfiante, et que les sommités de Xicor s'étaient avouées incapables d'analyser, d'expliquer. Quoique les expériences en eussent nettement déterminé la valeur et le pouvoir.

Des condamnés... Certes, Wlic'k et lui-même avaient pu croire que leurs scrupules seraient apaisés par le fait qu'il s'agissait de volontaires. Tugoo avait beaucoup insisté sur ce point. D'autre part, il avait été impossible de recruter des hommes libres pour accepter cette charge redoutable et, il fallait bien le reconnaître, dénuée de tout espoir.

Boww et Kipfl vivaient d'une vie spéciale, mais enfin ils vivaient, si le malheureux Tra'z était mort dans de tragiques circonstances. Seulement on ne pouvait savoir combien de temps ils vivraient encore. Et de toute façon leur état les mettait à l'écart de tous, et surtout de ceux qui leur étaient chers et qui n'avaient d'autre solution que le désespoir de la séparation.

D'Tmir fut tiré de ses mornes pensées que le spectacle miraculeux de l'espace céleste, irradiant de joyaux d'une incomparable beauté, ne parvenait pas à différer.

Un autre joyau, infiniment plus éclatant et précieux à ses yeux, venait de lui apparaître. Sous la forme d'un charmant cosmatelot. Un petit cosmousse aux yeux d'émeraude, à la tignasse de cuivre en feu. La tenue de bord, si banale et si disgracieuse fût-elle, seyait quand même à cette petite personne, que D'Tmir attira près de lui :

— Mon amour...

Roxa caressa d'une main fine aux longs doigts graciles le visage clair du jeune prince :

— À quoi songes-tu encore ?

Il le lui dit et elle tenta de contrer cette mélancolie. Certes, la situation était dramatique. Mais il fallait sauver Xicor. Et elle faisait toute confiance à Wlic'k. Il saurait bien, une fois encore, amener l'astronef aux confins de la constellation et là, piquer sur le planétoïde mystérieux que cernaient en grande partie ces sombres vapeurs, et où les émanations d'un sol étrange irradiaient de façon si singulière les humains qui y mettaient le pied.

Mais D'Tmir ne doutait pas des compétences de Wlic'k. Inlassablement, il évoquait le sort des hommes voués à ce rôle effroyable, si utile qu'il fût à une humanité planétaire tout entière.

Ils discutaient lorsque quelqu'un vint vers eux. Wlic'k en personne.

Le maître du bord leur décocha un bref sourire. Ses liens d'amitié avec le jeune prince n'étaient un secret pour personne et il se réjouissait de cette idylle avec la fille de Hox, le gouverneur du Sud. Il appréciait l'intelligence et le charme de Roxa.

Mais, de toute évidence, lui non plus ne brassait pas des pensées couleur de fhlaar, ces fleurs bigarrées et séduisantes qui croissaient à Xicor, en dépit de son climat aux vents souvent glacés.

— Qu'est-ce qui t'arrive, ami ? demanda D'Tmir.

— Ce cher D'Tmir se soucie beaucoup de nos futurs hommes d'argent, s'empressa de dire Roxa. Est-ce cela qui vous tourmente, commandant ?

Wlic'k secoua la tête :

— Non. Du moins pas présentement. Mais je...

je n'ai pas de bonnes nouvelles à vous communiquer.

Ensemble, les deux jeunes gens parurent troublés :

— Un message de Xicor... ?

Tout de suite, ils avaient dû songer à ce qui se passait sur la planète-patrie. D'Tmir, tout comme Toxa, n'ignorait pas les bouleversements sociaux qui ne cessaient de se manifester, en raison du chômage, de la famine, du manque en tout genre sévissant sur leur monde natal. Mais Wlic'k rectifiait le tir :

— Non. D'après les derniers duplex que nous pouvons encore établir avec la base de Xicor-Central, tout va, sinon bien, du moins pas plus mal qu'à notre départ. Non. Je reçois d'autres données qui ne sont pas sans m'inquiéter. Nous ne sommes pas seuls dans l'espace...

— Bon, fit D'Tmir. Est-ce vraiment une surprise ? Le Cosmos est vaste et ce ne serait pas la première fois que des vaisseaux venus des mondes lointains, voire des confins de la Galaxie, nous rendent visite !

— Sans eux, Xicor ne serait pas ce qu'elle est, ajouta Roxa, qui n'oubliait pas que certaine forme de colonisation avait, du moins pour un temps, transformé le monde encore primitif de Xicor en une planète fort agréable à habiter.

— S'il s'agissait encore de Terriens, de Centauriens, voire d'autres peuples, je ne m'inquiéterais pas, dit le commandant. Mais d'après notre sidéroradar, il s'agit d'un navire qui a toutes chances d'être un vaisseau Phoar.

Cette fois, D'Tmir fronça le sourcil et Roxa pâlit légèrement.

— Tu penses, Wlic'k... ?

— Je pense qu'il me faut me tenir sur mes gardes, fit assez sèchement le responsable du bâtiment. Nous avons fait un maximum pour que notre mission soit tenue secrète. Certes, on ne pouvait dissimuler l'envol du navire, mais la version officielle était de récidiver dans la quête d'une forme d'énergie. Comme si notre première randonnée avait été lettre morte. Ce que je crains ? C'est que, en dépit de toutes les précautions prises, nos ennemis de toujours aient eu vent de notre découverte, et de ce nouveau départ pour une recherche. Imaginez ce que représente la force inconnue. Les Phoars, ivres d'expansion, de technique, de conquêtes, ces mégalomanes cosmiques feraient tout pour s'en emparer !

D'Tmir soupira :

— Certes ! Nous n'ignorons pas qu'il y a, chez nous, des espions venus de la planète Glo. Mais le Prince mon père, et l'efficace Tugoo, ont strictement établi un plan de surveillance de l'astroport...

— Qu'importe ! fit l'énergique Roxa. Le mal est fait... Enfin, supposons-le. Que préconisez-vous, commandant ?

— La mise en état d'alerte, tout simplement.

Il faut croire que cette précaution n'était pas superflue car, quelques heures xicoriennes plus tard, l'astronavigateur et les viseurs signalèrent l'approche d'un vaisseau spatial qui paraissait évoluer de telle sorte qu'il devrait couper la route du navire xicorien d'ici deux autres heures environ.

Pendant un bon moment, les astronavigateurs, les pilotes, les hommes de sidérovigie et ceux des sidéroradars et radio demeurèrent hautement attentifs.

Parallèlement, Wlic'k allait et venait avec une incroyable vélocité. Il était partout, surveillant chaque poste, donnant ici et là des directives précises, encourageant l'un et gourmandant l'autre.

D'Tmir, lequel avait rang d'officier-aspirant, le secondait de son mieux, ainsi que trois autres officiers. Quant à Roxa, crânement, elle se tenait prête elle aussi. C'était une véritable petite amazone que la fille du gouverneur Hox et ce n'était pas pour rien qu'elle aussi avait suivi les cours d'enseignement d'éthique interplanétaire, instaurés après la venue sur Xicor des premiers astronefs terriens et centauriens.

Le vaisseau inconnu se rapprochait et ne déviait pas de sa lancée. À un certain moment, n'y tenant plus, Wlic'k décida d'envoyer un message, sur le mode amical, pour établir un contact. C'était une règle interplanétaire, jusque-là universellement reconnue, et qu'on rédigeait en code Spalax, cette langue créée à partir de divers idiomes de multiples planètes pour faciliter les relations cosmiques.

Mais l'appel demeura sans réponse, ce qui ne fit qu'augmenter les doutes à bord du navire xicorien. Wlic'k était sûr désormais qu'on avait affaire à des gens de moralité douteuse.

Les Phoars ? Ou de simples pirates ? Des astronefs flibustiers avaient en effet été signalés à plusieurs reprises en diverses zones galactiques. Mais il ne s'agissait que d'équipages isolés, des poignées de hors-la-loi ayant investi un navire spatial à la suite d'une mutinerie, d'une grève, ou quelque incident analogue.

Non ! Wlic'k en était persuadé. Il s'agissait bien des Phoars, devenus les rivaux héréditaires de Xicor.

Et ce fut l'attaque !

Le moins qu'on puisse dire est que le procédé tactique utilisé par l'assaillant avait de quoi dérouter les Xicoriens.

56

Wlic'k, cependant vieux routier de l'espace, ne comprenait rien aux manœuvres de l'astronef Phoar (?) ou autre. En effet, ce vaisseau spatial dont le type ne rappelait rien (il était, comme le Xicorien, un produit venu de mondes lointains) au lieu de foncer sur la proie éventuelle, se mettait à tourner littéralement autour.

Avec une très grande rapidité et une incroyable souplesse de manipulation, il exécutait des spirales véloces et on le trouvait, tantôt au-dessus, tantôt au-dessous. Ou bien encore il passait avec une stupéfiante aisance de tribord à bâbord pour disparaître et reparaître promptement et émerger un peu plus loin, et ce avant de revenir et de s'éloigner encore.

Wlic'k avait fait mettre en batterie les armes de son bord. Soit des canons thermiques, soit ces émetteurs de rayons inframauve, invention terrienne à l'efficacité qui ne se contestait plus à travers les galaxies.

Mais le commandant du vaisseau xicorien se refusait à tirer le premier car, après tout, l'autre n'avait encore jusque-là nullement entamé les hostilités et se bornait à cette danse fantastique à travers l'espace, ce qui ne faisait que prouver la maniabilité extrême de son bâtiment, comme s'il cherchait plus à étonner les Xicoriens qu'à les attaquer ouvertement.

D'Tmir, qui suivait avec acuité les sarabandes de ce navire surprenant, prononça, après avoir mûrement réfléchi :

— De toute façon, il ne nous veut pas de bien... et on dirait qu'il tisse autour de nous une sorte de toile de clogss...

(Les clogss correspondent, sur Xicor, aux araignées. Une race qui comprend diverses familles, de la minuscule à la géante venimeuse).

Wlic'k et Roxa approuvèrent. Mais un fait

nouveau inquiéta bientôt les Xicoriens : la température, à bord, baissait très sensiblement.

Wlic'k interpella les responsables de la thermie autonome. Ces pauvres gars n'y comprenaient rien. Leurs turbines paraissaient fonctionner normalement mais il n'en était pas moins vrai que le froid semblait vouloir envahir le navire. Déjà, on notait une esquisse de givrage contre les parois, les plafonds, et autour des hublots.

Wlic'k s'affairait, courait partout, tentait de comprendre tandis que ses techniciens s'arrachaient les cheveux. D'Tmir et Roxatrès anxieux, l'accompagnaient autant que possible et, eux aussi, se précipitaient auprès des cosmatelots, les encourageant, discutant avec eux, se préparant à on ne savait quelle diablerie.

Et puis ce fut le drame !

Des cris éclatèrent, dans une des soutes. On entendit le claquement sec suivi d'un sifflement déliquescent indiquant que des fusilasars entraient en action.

Wlic'k blêmit. D'Tmir se précipita vers lui, brandissant une arme :

— Wlic'k !...

— Tu as compris... Les forçats !...

Car le vaisseau emmenait — Tuggo avait fini par l'emporter — les six condamnés à mort pour crimes et subversions qui s'étaient portés volontaires pour servir de catalyseur à la force inconnue, soit à accepter de devenir des hommes d'argent avec tout ce que cela laissait supposer pour l'avenir.

Les deux hommes, que suivait Roxa, accouraient vers une échelle métallique donnant sur la soute servant actuellement de prison. Ces bandits, réputés dangereux, quoique bénéficiant

58

d'un régime assez souple, n'en demeuraient pas moins des détenus de droit commun.

D'Tmir et Wlic'k virent un de leurs cosmatelots qui remontait, s'accrochant à la rampe de fer, titubant, haletant. Il leva vers eux un visage ensanglanté :

— Commandant... Prince... Le...

— Mais parle ! Parle, malheureux !

— Sigoov...

D'Tmir se sentit frémir et, instinctivement, il entoura Roxa, qui se tenait près de lui, d'un bras qu'il voulait protecteur, en entendant ce nom.

Sigoov, ainsi que trois autres forçats, avait été condamné pour meurtres et agressions diverses. On lui attribuait au moins trois morts et ses forfaits ne se comptaient plus. Il eût été promptement exécuté après jugement sans les événements dramatiques de Xicor. Volontaire pour l'expédition, on n'en continuait pas moins à se méfier de lui. Nul doute qu'il n'eût réussi quelque coup de force et entraîné les autres captifs avec lui.

Chancelant, le cosmatelot sanglant râla :

— Teea et Falsid morts... Les... Sigoov...

Il faillit tomber à la renverse mais la poigne solide de Wlic'k le retint.

A ce moment, D'Tmir braqua son arme, un revolaser efficace :

— Halte, Sigoov !...

Le bandit venait d'apparaître en bas de l'échelle.

Un véritable colosse, demi-nu, crâne mal rasé, hideux et ricanant.

Sigoov tenait à la main un couteau dont la lame était sinistrement tachée. Et d'autres visages peu amènes apparaissaient derrière lui.

Le géant considéra avec un rictus ironique le revolaser que D'Tmir élevait vers lui.

— Inutile, petit prince, lança-t-il d'une voix mauvaise. Inutile ! Tout est foutu...

— Je peux te tuer, Sigoov, si tu ne recules pas, si tu ne...

— Je n'ai nullement l'intention de regagner mes chaînes... Dis-toi bien que les abrutis chargés de me garder et de garder mes copains, et tout ça pour nous flanquer dans votre saloperie de bouillon noir pour que nous servions de réchauds, ont fini de nous emmerder !...

— Les mains en l'air, Sigoov... sinon...

— Sinon quoi ? Il fait froid... Tu ne sens pas comme il fait froid ?

D'Tmir demeura interloqué. Depuis le début de la révolte, il avait négligé, comme certainement Wlic'k et Roxa, de songer à cette baisse incompréhensible de température. Et il fallait bien l'admettre, on commençait à geler furieusement à bord de l'astronef.

Wlic'k gronda :

— Qu'est-ce que tu veux, Sigoov ?

— Ce que je veux... Rien ! Rien que la liberté !

— Elle te sera accordée après l'expérience...

— L'expérience n'aura pas lieu. Du moins pas avec moi ni avec les copains. Mais vous en ferez les frais, commandant Wlic'k... Vous et notre charmant petit prince. Et la jolie fille qui est près de lui et...

D'Tmir, exaspéré, tira.

Ou plutôt voulut tirer. Le revolaser ne réagit pas.

Le jeune homme demeura coi une fraction de seconde. Mais le colossal forçat éclatait de rire. Un rire auquel faisaient écho les ricanements de ses comparses, qui se tenaient derrière lui en bas de l'échelle.

— Plus rien ne fonctionne... ou ne fonctionnera dans quelques instants, jeta Sigoov, comme un aboiement. Écoutez! Ou essayez d'écouter!

Stupéfaits, les Xicoriens constataient, effectivement, un silence surprenant. Les réacteurs ne vrombissaient plus. D'autre part, ce qui ne les gênait guère quoique ce fût inquiétant, l'éclairage baissait considérablement.

Des appels leur parvenaient. Les cosmatelots découvraient, partout à bord, la carence des appareils.

Wlic'k était embarrassé. Il soutenait toujours son matelot blessé. Sigoov commença à monter. Le couteau sanglant à la main, il faisait véritablement peur.

Le commandant, gêné par le corps maintenant quasi inerte qu'il maintenait, voulait faire face. D'Tmir également, et Roxa, très droite, très pâle, accotée à la paroi, regardait muettement cette scène d'exception.

Elle grelottait. Et tous commençaient à sentir l'envahissement du froid. D'un froid inconnu, un froid qui dominait maintenant l'immensité du cockpit. Partout le givre apparaissait tant l'atmosphère perdait de son degré thermique et les appareils, les instruments, les réacteurs, tout ce qui était mécanique ou fluidique sur le vaisseau spatial s'arrêtait, si bien que les Xicoriens ne se trouvaient plus que sur une épave abandonnée à elle-même, n'obéissant plus à aucun contrôle, à aucune impulsion, et qui flottait misérablement dans l'espace, tandis qu'un autre navire poursuivait le cercle infernal de ses spirales incessantes.

Wlic'k lâcha soudain l'homme qu'il soutenait, le laissa glisser contre la paroi et se jeta sur Sigoov.

Il évita de justesse le coup de couteau que la brute lui destinait, et qui ne fit que trancher le bord de la manche de sa combinaison de bord.

61

D'Tmir, voyant son cher Wlic'k en péril, sauta à son tour vers l'échelle de fer. Mais les autres forçats, lesquels venaient d'assassiner les cosmatelots qui s'occupaient d'eux, grimpaient à leur tour. Il y eut un pugilat mais Wlic'k et D'Tmir, malgré leur courage, ne faisaient pas le poids. Roxa, blême et glacée, les vit terrassés par les six condamnés, qui s'étaient maintenant groupés.

Le froid était plus vif que jamais. Sigoov et ses complices se contentaient de maintenir les deux Xicoriens au sol. Et un autre du groupe, condamné, lui, pour rébellion au cours des émeutes qui avaient désolé la cité de Xicor, s'adressa aux vaincus avec une intonation railleuse :

— Il fait froid... Il fait de plus en plus froid... Savez-vous ce que c'est que l'onde Ha'k ? Une onde qui agit sur les photons... Une onde qui neutralise les particules de la lumière, partant de la chaleur... L'astronef est irradié de ces ondes... si bien que petit à petit nulle réaction thermo-luminique ne peut plus se réaliser... Plus de clarté ! Plus de feu ! Plus de fluide !... Nous sommes nyctalopes, chers coplanétriotes, et nous continuerons à y voir assez bien... assez en tout cas pour voir le givre et la neige apparaître, et anéantir tout mécanisme autour de nous... Et nous sombrerons tous, tous, dans l'inertie du gel... et vous sentez aussi bien que moi que ce n'est pas bien loin...

D'Tmir, Roxa et Wlic'k devaient bien admettre que le misérable avait raison.

Les uns et les autres se sentaient littéralement paralysés. Jamais ils n'avaient eu connaissance de cette mystérieuse onde Ha'k. Comment le bandit savait-il ?... Les Xicoriens pouvaient avoir conscience d'une trahison. On avait libéré ces forçats. Avec la complicité de... évidemment de ceux qui étaient à bord de l'astronef assaillant !

Les mystères s'accumulaient. C'était le désastre ! Seulement, présentement, les uns et les autres, engourdis, maladroits, incapables d'un effort vrai, éprouvant même des difficultés à parler, sombraient dans une sorte de paralysie, tandis que le navire désemparé errait tristement dans l'immensité des espaces.

D'Tmir, fou de rage, mais glacé d'un froid de mort, perdait petit à petit connaissance. Il vit à peine Roxa et Wlic'k, non loin de lui, subir le même sort.

Sort qui était d'ailleurs aussi celui des forçats révoltés. Mais eux paraissaient accepter cette situation avec une certaine philosophie...

... comme si ils s'y attendaient, comme s'ils savaient par avance ce qui devait se produire, ce que le discours du condamné laissait clairement entendre !

Il n'y eut bientôt plus dans le grand vide qu'un vaste cercueil de métal, totalement envahi par la blancheur livide du froid impérieux, avec des corps givrés écroulés çà et là dans des attitudes tétaniques.

Alors l'astronef ennemi changea de tactique. Il lança dans l'espace un commando d'hommes volants équipés de combinaisons climatisées. Ceux-ci abordèrent le vaisseau xicorien, pénétrèrent par un sas qu'ils surent forcer (comme s'ils en connaissaient parfaitement le mécanisme) et firent le nécessaire pour neutraliser définitivement l'équipage.

Tout en respectant parfaitement les corps des forçats.

Puis, sous une impulsion venue évidemment du navire ennemi, le froid recula. Tout redevint normal à bord et les cosmatelots xicoriens affec-

63

tés aux réacteurs, après avoir été ranimés, furent astreints sous la menace à remettre les moteurs en route. Tandis que Wlic'k, Roxa, D'Tmir et la majorité des membres de l'équipage étaient solidement bouclés dans leurs cabines.

Les Xicoriens étaient captifs. Les forçats libérés, eux, fraternisaient avec les pirates.

Les deux vaisseaux, naviguant de conserve, partaient à travers l'espace vers une destination inconnue.

DEUXIÈME PARTIE

MERCENAIRES COSMIQUES

CHAPITRE VI

— C'est pas vrai !... C'est une farce !...

— Dégueulasse !

— Faudrait tout de même savoir si c'est vrai !

— Ils ne peuvent pas nous faire ça !

— Mille années-lumière de voyage... et pas le droit de descendre à l'escale !

— On n'est pas des esclaves !

— Ils n'oseront pas !

— On est bien descendus à Klimmsto et à Akphal !

— Pas le droit... pas le droit... pas le droit !

Une voix plus posée, nette, autoritaire, trancha :

— N'oublions pas notre contrat !

— Qu'est-ce qu'il a, notre contrat ?

— Un contrat de mercenaires, reprit cet homme plus réaliste. Où nous nous engageons à la discipline, à l'obéissance !

Il y eut un véritable tollé :

— Salaud ! Traître !

— T'es vendu ! Tu les soutiens !

— Vous vous êtes tous vendus ! Et vous voudriez...

L'orateur fut submergé par un torrent de fureur et peut-être lui aurait-on fait un mauvais parti sans l'intervention de deux ou trois des mercenaires, dont un grand gaillard au fin profil, au regard vert, qui prêchèrent la modération.

Cela se déroulait dans un des vastes compartiments du « Grand Soleil », un astronef de ligne interstellaire, conçu pour les transports de troupes, soit pour l'armement et la défense (on appelait ainsi pudiquement la guerre) soit en ce qui concernait les déplacements de pionniers pour la conquête, la fertilisation, la prospection minière et d'une façon générale tout ce qui exigeait une importante main-d'œuvre d'une planète en l'autre.

On faisait escale sur la planète Glo du Poisson Austral. Le fort contingent d'hommes de tout bord, de tout poil, qui, au nombre de près de deux cents, habitaient ce compartiment-dortoir-réfectoire depuis le départ de Paris-sur-Terre, escomptait bien, avant l'arrivée sur le planétoïde où devaient s'effectuer les travaux miniers pour lesquels ils s'étaient engagés par contrat avec le gouvernement des Phoars, se livrer aux délices d'une dernière escale.

Le gigantesque navire descendait lentement vers l'astroport de Glo. Et ils avaient eu tout loisir de voir venir cette planète, inconnue pour plus de quatre-vingt-dix pour cent d'entre eux. Un monde assez agréable d'aspect, rappelant la bonne vieille planète-patrie (la plupart des mercenaires étaient terriens). Mais avant tout ils avaient aperçu la ville. Une immense cité dont les buildings et les nombreuses tours métalliques, les antennes multiples, la circulation aérienne importante qui la survolaient, attestaient la technicité avancée.

— Des matérialistes ! avait bougonné un vieux routier des étoiles, encore costaud en dépit des alcools dégustés sous tous les soleils. Y a qu'à voir comment qu'elle est foutue, leur ville !...

Près de lui, l'homme aux yeux verts avait acquiescé en souriant. Il se nommait Féréol, était né à Marseille-sur-Terre. On l'appréciait en raison de son caractère toujours égal, de sa bonne humeur constante, voire des menus services qu'il était toujours prêt à rendre à ses compagnons d'aventures. Un abruti lui avait une fois cherché querelle pour un motif futile. Il était alors sorti de sa réserve pour corriger d'importance l'agresseur. Une force tranquille, basée avant tout sur une connaissance indéniable des sports de combat. Ce qui n'avait pas peu consolidé sa réputation parmi ces individus généralement enclins à l'admiration de la supériorité physique.

Cependant, au fur et à mesure que l'astronef géant s'apprêtait à toucher le sol de Glo, capitale de la race Phoar, le bruit courait que, cette fois, alors qu'il s'agissait de la suprême escale avant le but du voyage, il y aurait interdiction de débarquer. Le prétexte ? A Akphal, précédente escale, plusieurs déserteurs avaient omis de regagner le bord, après s'être sans doute égarés, volontairement ou non, dans les quartiers les plus malfamés de ce monde.

Exaspérés par un voyage interminable et morne, rêvant de virées joyeuses dans les cabarets, night-clubs, bouges ou autres lieux de plaisirs faciles qu'on retrouve dans toutes les planètes de tous les univers, les mercenaires, se sentant frustrés, laissaient éclater leur colère.

Des émissaires venus de Glo avaient recruté, sur la Terre et dans quelques planètes du Centaure, ce ramassis d'aventuriers. On les avait soigneusement sélectionnés. Il s'agissait non seulement d'avoir une certaine habitude de l'espace, indispensable pour les longues randonnées et les éventuels travaux planétaires, mais aussi une résistance biologique à toute épreuve. Engagés pour une durée indéterminée (qui serait en fonction de l'achèvement de la prospection minière prévue) ces hommes avaient subi de très sévères examens physiques. Ils étaient donc tous solides, pratiquement allergiques à la maladie. Il y avait bien parmi eux quelques routiers gardant les séquelles de certaines affections glanées au cours des randonnées interstellaires, quelques alcooliques, mais on avait pu reconnaître qu'ils avaient vaillamment supporté ces diverses épreuves et qu'ils demeuraient « bons pour le service », ainsi que le disaient en plaisantant les vieux Terriens.

Le contrat ? Mirifique ! On savait qu'il s'agissait d'aller arracher au sol d'un lointain planétoïde du Poisson Austral, et dépendant de la planète Glo, un minerai, ou une provende de gemmes. C'était encore assez nébuleux mais on croyait savoir (cela n'allait pas sans risque et des primes adéquates avaient été prévues dans l'engagement) qu'il s'agissait d'un minéral de style adamantin possédant des propriétés l'assimilant au radium. Soit un élément récemment découvert et encore inconnu dans le Cosmos, aux possibilités inouïes sans doute, et que de sérieux techniciens étaient en train d'étudier à Glo.

Il n'était aucun de ces mercenaires (car il s'agissait bien de cela) qui n'ait pu supposer qu'il reviendrait dans son monde natal sans une fortune considérable. Les Phoars, en signant les contrats, s'étaient montrés généreux et depuis l'envol, les passagers du « Grand Soleil » ne s'étaient rien vu refuser, dans la mesure où un vaisseau spatial peut apporter de divertissements à ses passagers. Certes, disaient certains : « ça manquait de femmes » mais on espérait bien se rattraper aux escales. On ne s'en était pas privé à Klimmsto et à Akphal. Et voilà qu'à Glo, cette cité d'où venaient les recruteurs si aimables, si encourageants, si généreux, on voulait les boucler à bord ! Leur interdire la dernière bordée avant la longue période de travaux, période qui serait très longue, on ne se le dissimulait pas, et sans doute fertile en incidents comme cela se passait toujours. Sans compter que le fameux minerai ne serait pas sans danger quant à la manipulation.

Malgré les protestations, les menaces, quelques débuts de révolte, les Phoars annoncèrent, par micro, qu'ils regrettaient cet état de chose mais que des consignes impérieuses avaient été données depuis Glo. Une épidémie y sévissait et on redoutait la contamination. Une maladie contagieuse à bord et c'en était fini de l'expédition avant même l'arrivée.

Les mercenaires ne crurent guère à cette nouvelle explication. Il y eut encore quelques cris, et un petit groupe tenta une sortie en force. Sortie qui fut bloquée, et les révoltés promptement domptés par l'apparition de quelques robots irradiants, un personnel irrésistible dont disposaient les Phoars. Il fallut se résigner !

Les engagés reçurent double ration de boissons alcoolisées et certains se consolèrent avec de vieux whiskies de la planète-patrie, tandis que les Centauriens préféraient le ztax martien qui leur rappelait un breuvage de leur petit univers.

Plusieurs mercenaires dont l'homme aux yeux verts, dédaignant ces beuveries, demeuraient aux hublots, regardant avec avidité tout ce qui se passait sur l'astroport.

Ils furent bientôt édifiés : on embarquait un nouveau contingent humain. Et l'aspect de ces autres mercenaires, de ces futurs ouvriers de la mine fantastique qu'on leur promettait, était bien fait pour éveiller les soupçons.

— On jurerait des condamnés à mort !

— Des esclaves !

— Ils vont là comme on entre en prison !

— Dis plutôt comme on marche à l'échafaud !

L'homme aux yeux verts, Féréol, ne disait rien. Mais il scrutait le triste troupeau qui commençait à s'enfourner par les sas de l'astronef.

— On verra bien, disait quelqu'un, quand ils nous rejoindront !

— Je ne pense pas, intervint Féréol, qu'ils nous rejoignent !

— Quoi ? Ils sont sûrement destinés, comme nous, à la mine !

— Sans doute ! Mais je serais surpris qu'on nous mette en rapport, tout de suite du moins. Tu verras qu'on les parquera dans une autre soute... L'astronef est tellement grand et peut contenir plusieurs milliers de personnes...

— C'est vrai ! Après tout, nous ne sommes que deux cents !

— Et ces types de Glo... Une centaine tout au plus !

— On dirait que les Phoars ont du mal à trouver de la main-d'œuvre !

— Dame ! On ne nous l'a pas caché ! C'est dangereux !

— Si ce n'était pas dangereux, où serait l'intérêt ?

— Qui ne risque rien n'a rien ! fit sentencieusement un vieux Terrien qui avait dû lire cette forte parole dans quelque almanach datant du siècle écoulé.

Cependant le triste défilé des nouveaux arrivants continuait à s'engouffrer par les sas et, encore qu'il y eût maintes places libres dans le département des mercenaires, il était évident que ceux qui embarquaient n'y rejoindraient pas les originaires des planètes lointaines.

Sans doute les parquerait-on dans une autre soute. Et ceux qui venaient de si loin avaient eu l'amertume de constater que, s'ils avaient eu jusque-là liberté de circulation à travers l'astronef, cette fois on les avait proprement enfermés et ce depuis leurs protestations et tentatives de révolte.

Les commentaires allaient bon train parmi eux. Celui qui restait parmi les plus modérés en dépit de sa force et de l'ascendant qu'il exerçait, était resté devant un hublot. Il voyait défiler des gens qui, de toute évidence, n'appartenaient pas tous à la race de ces Phoars avec lesquels il avait, comme ses compagnons, signé un engagement.

Quelques Phoars, sans doute. Mais aussi des types morphologiques bien différents. Ridiculement petits, quoique râblés, des bonshommes cheminaient entre de véritables géants, les uns maigres et élancés, les autres massifs et lourdauds. Et des faciès rougeâtres, blafards, bronzés, cuivrés, sombres ou très rose vif se succédaient sous ses yeux. Il avait la conviction intime qu'il s'agissait là d'autochtones de planètes très diverses, curieusement réunies, alors que l'astronef n'avait encore embarqué que des Terriens ou des Centauriens, assez proche d'eux par l'allure générale.

Il fut soudain frappé en voyant un jeune homme, presque adolescent, dont l'attitude à la fois réservée et fière attirait l'attention. Comme les autres, il avançait entre deux haies composées à la fois de gardes Phoars et de ces redoutables androïdes auxquels on avait fait appel pour dompter les trublions.

Très calme, très beau sous sa chevelure d'un blond roux, avec de profonds yeux gris-bleu, tout en lui indiquait une belle race, une éducation tranchant sur l'ensemble de ses compagnons. Tous, en effet, montraient ouvertement des origines d'un rang peu élevé. Féréol pouvait croire qu'il voyait là un ensemble de forçats qu'on emmenait de force, sans doute pour les travaux les plus rudes. Mais ce garçon l'intéressait vivement. Il le vit disparaître avec d'autres, dans les flancs du monstrueux vaisseau spatial.

L'escale ne dura que quelques heures, calculées à partir de ces tours-cadran réglés selon la rotation des planètes d'origine.

Féréol alla de bonne heure s'étendre sur sa couchette. Il songeait. Il entendait autour de lui ses compagnons qui bavardaient avec animation. On avait redistribué des rations alcoolisées, ce qui avait sans doute pour but de les amadouer mais en fait exaspérait les tempéraments.

Un Centaurien glapissait :

— Pas normal qu'on soit bouclés ! Ils nous ont raconté des conneries ! D'abord on était enfermés parce qu'il y avait des mecs qui s'étaient fait la paire à Akphal... Bon ! On voulait bien le croire... Après, ils nous ont dit que c'était parce qu'il y avait une épidémie à Glo... Vous voyez bien !

Il y eut des vivats. Effectivement, les Phoars semblaient bien maladroits dans leurs explications.

D'autres discutaient sur certains faits qui avaient défrayé la chronique galaxienne pendant les derniers mois (en mesure terrienne). Des astronefs étaient portés disparus. Des comptoirs attaqués et pillés. En d'autres endroits, c'étaient justement des entreprises minières qui avaient subi l'assaut de pirates. Tout cela demeurait confus, assez mal vérifié et confirmé. Mais l'imagination allait bon train et un peu partout on avait discuté sur ce genre d'événements. Maintenant, les mercenaires s'interrogeaient. Quel rapport entre ces actes criminels et leur présence à bord ? Jusque-là, tout s'était déroulé à peu près normalement. Mais le fait qu'ils soient soudain consignés sévèrement à bord tandis qu'on embarquait d'autres individus avec lesquels le contact était interdit ne laissait pas de les inquiéter sérieusement.

Ces discussions se prolongèrent assez longtemps dans ce qu'on pouvait appeler la nuit. Entre-temps, l'astronef avait appareillé. Cette fois c'était la dernière traversée avant d'atteindre le planétoïde aux gemmes fabuleuses, quelque part aux confins du monde du Poisson Austral.

Féréol ne s'était pas endormi. Il demeurait immobile sur son lit, les yeux clos, écoutant les propos de ses compagnons. Ils avaient vidé les flacons qu'on leur avait généreusement (un peu trop généreusement) distribués pour les inciter à se tenir tranquilles. Et, pour la plupart, ils avaient fini par aller s'étendre et chercher le sommeil. Beaucoup, ivres, ronflaient lourdement.

Féréol avait attendu avec impatience le moment où un silence à peu près complet s'établirait dans le vaste compartiment. Les lumières s'étaient éteintes. Il s'était imposé de ne rien tenter avant d'avoir la certitude que nul ne bougerait plus avant un bon moment.

Alors il soupira longuement, étendit ses membres sous la couverture, tenta de se détendre physiquement, agissant sur son diaphragme par des crispations mesurées, irriguant ses poumons d'oxygène frais. Cela lui demanda quelques minutes. Parallèlement, il luttait pour faire le vide dans son esprit, se fixant sur des images aimables de la planète-patrie, paysages, eaux calmes, enfant endormi, animaux affectueux, visage de femme souriante, etc.

Quand il se sentit enfin en condition pour ce qu'il voulait tenter, il serra fortement les paupières, déglutit, respira encore...

Il eut l'impression que quelque chose se déclenchait, non seulement dans son cerveau, mais quelque part dans son être, en un point absolument indéterminé et indéterminable, là où s'effectue la subtile jonction entre ce qu'on connaît : le corps et ce qu'il est convenu de nommer l'âme.

Une âme qui s'envolait...

Certes, Féréol demeurait dans sa couchette du vaste dortoir de l'astronef. Il continuait à respirer, très doucement mais normalement et un observateur eût aisément admis qu'il poursuivait un paisible sommeil.

Et pourtant, tel un léger fantôme, sa pensée s'était évadée. Avec une surprenante lucidité, elle errait maintenant à travers le vaisseau spatial, ce monstre de métal lancé à une vitesse insensée à travers les vides vertigineux du Poisson Austral.

Cette pensée terriblement nette, après avoir cherché un bon moment, atteignit un autre dortoir du navire. Celui où les Phoars avaient mené la centaine d'hommes qui avaient embarqué à l'escale de Glo.

Féréol — ou plutôt l'esprit de Féréol — parut

voler au-dessus des couchettes. Là aussi les hommes dormaient, ou faisaient semblant. L'entité humaine provisoirement désincarnée avait enfin trouvé ce qu'elle désirait.

Dans le compartiment des mercenaires, Féréol se crispait terriblement à présent, luttant pour éviter de s'agiter et d'attirer ainsi l'attention. Écartelé entre son organisme qui transpirait à grosses gouttes en retenant sa respiration qu'il sentait devenir rauque, et cette pensée qu'il avait la faculté de projeter hors de lui-même, il souffrait terriblement. Mais il touchait au but.

Comme deux postes de radio qui entrent en contact, un duplex s'établissait...

Un duplex humain !

CHAPITRE VII

D'Tmir vivait un cauchemar. D'Tmir était au sein du désespoir. Cependant, il continuait à exister, à respirer, à se nourrir, du moins selon les maigres recettes dont les Phoars gratifiaient leurs esclaves.

Parce que le petit prince de Xicor était un esclave. Un parmi tous les autres. Les autres ? Quelques-uns de ces cosmatelots qui constituaient l'équipage de l'astronef, ce dernier espoir de Xicor pour aller récupérer le carburant-miracle du planétoïde perdu. Et puis des gens de divers mondes, victimes de la piraterie organisée de Glo. Les Phoars savaient ce qu'ils faisaient. Ce peuple avide de conquêtes, de pouvoir, parfaitement renseigné sur la fantastique découverte de l'expédition Wlic'k, avait déployé des forces inouïes pour récupérer la force inconnue à son profit. Et plusieurs de ses vaisseaux avaient arraisonné des navires spatiaux venus d'autres

mondes. Combats ! Destructions sans nombre !
Les survivants avaient été amenés à Glo, parqués, préparés à des travaux d'un style indéterminé. En fait, ils serviraient tout bonnement de
catalyseurs, ces catalyseurs humains indispensables à l'emmagasinement de la puissance dynamique capable d'alimenter toutes les centrales
d'un monde.

Mais, comme les effectifs s'avéraient insuffisants, on avait eu l'idée de la prospection de
mercenaires. Et on s'était dirigé vers les constellations jusque-là demeurant en bonne intelligence avec le Poisson Austral : système solaire
dont dépendaient la Terre et quelques planètes
du Centaure.

D'Tmir, donc, faisait partie de ce contingent
embarqué à Glo. D'Tmir baissait la tête. D'Tmir
se taisait. Alors qu'il lui eût été aisé, fût-ce au
péril de sa vie, de tenter un coup de force, de
révéler à ses compagnons d'infortune quel véritable sort leur était réservé. Car ces malheureux,
esclaves ou mercenaires, ignoraient évidemment
les uns et les autres qu'ils étaient destinés à
devenir des hommes d'argent. Et ni les uns ni les
autres n'avaient jamais entendu parler d'un tel
phénomène.

Pourquoi D'Tmir, le fier, l'ardent, le vibrant
fils de Ritiger était-il aussi passif, aussi semblable à un fauve dompté ?

On avait exercé sur lui un abominable chantage. N'avait-il pas été fait prisonnier à bord du
navire de Xicor en compagnie, non seulement de
Wlic'k et de ses cosmatelots, mais aussi de Roxa,
fille du gouverneur Hox des Etats du Sud ?

Roxa, c'était l'otage. Roxa était captive, il ne
savait où. Mais bel et bien aux mains des Phoars.
Et la vie de la jeune fille aux yeux verts et aux
cheveux de cuivre en feu était garante de son

silence, de son asservissement. Il avait été prévenu : à la moindre incartade de sa part, Roxa prendrait place parmi les esclaves, Roxa deviendrait la première « femme d'argent ».

D'Tmir s'était tu.

Il eût peut-être pu communiquer avec quelques-uns des malheureux voués avec lui à ce sort infernal. On le surveillait. Non seulement la milice de Glo, mais aussi les androïdes. Car ces subtils robots étaient munis d'un système détecteur d'une délicatesse extrême. En permanence, ils « écoutaient ». Des bandes magnétiques hypersensibles enregistraient les moindres murmures des prisonniers. Tout était ensuite relevé, filtré, étudié. Il était également interdit d'écrire, la surveillance restant incroyablement insidieuse, appuyée par un réseau d'infrarouges sophistiqués capables de capter le moindre écrit. D'Tmir se sentait donc impuissant. Il rageait de ne pouvoir agir, pour Xicor, pour son peuple, pour le Prince son père. Mais que faire, que tenter ? C'était condamner Roxa à mort.

Et cependant, maintenant que le « Grand Soleil » avait atteint le planétoïde décrit par Wlic'k et ses hommes, un étrange sentiment était né dans le cœur du petit prince de Xicor.

Qui l'appelait ? Qui lui parlait pendant son sommeil, voire parfois quand il demeurait éveillé ? Quelle voix subtile pénétrait dans son cerveau ? Il ne le savait. Il avait pris le phénomène, au départ, pour une hallucination, ou le fruit de ses tourments en un esprit las et désolé. Mais non ! La voix devenait de plus en plus nette. D'Tmir s'était accoutumé à l'entendre. Il avait même compris qu'il était nécessaire de favoriser l'effort du correspondant mystérieux, effort qu'il devait fournir pour pénétrer en lui. Alors il s'était efforcé de se détendre, de chasser au maximum ses soucis qui étaient grands, d'ouvrir son cerveau à cette onde inconnue, mais qu'il sentait chaleureuse, fraternelle...

Il avait vu, comme les autres, venir le sol de ce petit monde où devait se dérouler la prospection. Travaux miniers ! Du moins était-ce la version officielle ! Mais D'Tmir, ulcéré, horrifié, savait qu'on allait tous être précipités dans cette zone diabolique où les organismes, surchargés, saturés du fluide formidable, deviendraient de véritables piles, des dynamos vivantes, de quoi faire tourner cent, mille usines. De quoi sauver Xicor mais, en la circonstance, ce qu'il fallait pour donner à Glo, à la race des Phoars, une suprématie technologique et militaire d'une puissance inégalée qui leur permettrait de dominer tout le Poisson Austral et en premier lieu d'asservir totalement Xicor, sinon de le détruire.

Mercenaires d'une part, esclaves de l'autre, avaient aperçu le planétoïde. Un petit astre assez désolé curieusement serti d'un anneau noir, à ras du sol. Un anneau d'ailleurs fragmenté, qu'on ne pouvait distinguer que sous certains angles.

Ils s'étaient interrogés les uns et les autres sur sa nature. D'Tmir, lui, aurait pu leur dire de quoi il s'agissait et ce n'était certes pas l'envie qui lui en faisait défaut. Mais la menace sur Roxa le faisait se tenir la langue.

Ces choses noirâtres, n'étaient-ce pas les masses nuageuses signalées par le commandant Wlic'k, et d'ailleurs filmées par ses hommes ? Cette nébulosité indéterminée dans laquelle avaient pénétré Boww, Tra'z et Kipfil. D'Tmir ne savait que trop ce qui en était résulté.

Il pensait aussi à son cher Wlic'k. Il ne faisait pas partie du groupe des esclaves. Qu'était-il advenu de lui ? Anxieux quant au sort de Roxa, le

Prince ne l'était pas moins en ce qui concernait son ami.

Maintenant, on avait quitté le bord. Deux camps distincts étaient établis et les Phoars avaient pris soin d'éloigner les mercenaires, encore relativement libres de ceux qui étaient de véritables captifs. Et D'Tmir faisait partie de cette seconde catégorie.

Sous les férules d'une chiourme. Un homme commandait cette chiourme. Non un Phoar. Un Xicorien. Que D'Tmir ne connaissait que trop.

Sigoov !

Sigoov le forçat. Sigoov le condamné à mort qui, avec cinq autres, s'était porté volontaire pour devenir un homme d'argent. D'Tmir n'avait été qu'à demi surpris de le voir dans ces nouvelles fonctions. Le sinistre assassin promu au rang de geôlier, c'était tout à fait normal. Son attitude, sur le vaisseau xicorien, avait bel et bien laissé entendre qu'il s'attendait à l'attaque du navire phoar et qu'il avait bénéficié de complicités pour s'évader de sa cellule, pour tuer ses gardiens, et tenir Wlic'k et les cosmatelots en échec pendant l'assaut du navire de Glo.

C'était l'appel. L'heure sinistre où les Phoars faisaient, par micro, l'appel de ceux désignés pour faire partie de la prochaine équipe destinée, en principe, aux travaux miniers.

Chaque fois, c'était le même processus. On appelait une douzaine de noms correspondant à des mercenaires engagés dans les lointaines planètes et parallèlement douze autres noms, choisis cette fois dans le groupe de ces prisonniers dont D'Tmir faisait partie.

Les équipes ainsi constituées, solidement encadrées à la fois par des gardes de la trempe de Sigoov et quelques-uns de ces subtils robots dont il convenait de se méfier terriblement, disparaissaient de l'aire d'atterrissage du « Grand Soleil ».

Quand ces malheureux revenaient, on ne les réintégrait pas parmi leurs anciens camarades mais au contraire ils étaient dirigés vers une troisième soute où ils ne pouvaient plus avoir de contacts, ni avec les mercenaires, ni avec les esclaves.

D'Tmir écoutait, le cœur serré. Les noms passaient.

... Tirii (un de ses cosmatelots)... Abk... (oui, un Phoar, celui-là, condamné pour meurtre), Hya'r (un Cassiopéen capturé sur un astronef pirate), Loob (encore un cosmatelot xicorien), Taylor (inconnu de D'Tmir mais vraisemblablement mercenaire terrien), Kineg... Phura... Top'I... Dalibert... Pedrez... Wolfram... (des noms de Xicor, de Glo, de la Terre, d'autres mondes...

Il entendit aussi « Féréol » sans y prêter particulièrement attention. Presque aussitôt son cœur faisait un bond dans sa poitrine :

— D'Tmir...

Le speaker à la voix impersonnelle venait de lancer son nom dans le micro.

D'Tmir. Lui-même. Le petit prince de Xicor que les perfides Phoars avaient rejeté au rang des esclaves, des criminels, des condamnés, et qu'ils vouaient à ce sort abominable : devenir un homme d'argent.

Un de ces êtres destinés à subir l'effrayante mutation. Un dynamiseur vivant, qui ne résisterait pas à quelque expérience un peu forcée. Changement spectaculaire au départ, et mort violente après quelque temps.

D'Tmir se sut condamné.

En cet instant suprême, il ne songea peut-être pas à ce gouffre effrayant qu'est la mort, à cet inconnu : néant pour les athées, terreur mêlée d'espoir pour ceux qui savent que le monde n'est pas un gigantesque n'importe quoi. Non ! D'Tmir, s'il éprouva une grande, une très grande peine, ce fut en évoquant les yeux d'émeraude et les cheveux de cuivre enflammé de Roxa. Et son père, le cher Prince de Xicor ! Et tout ce qu'il avait aimé ! Et Wlic'k, l'ami fidèle dont il ne savait plus rien !

Séparé d'eux à jamais !

Il fallut qu'un garde le poussât, le bousculât pour qu'il se mît en marche avec les autres. Maintenant, ceux qu'on désignait pour ces éventuels travaux s'y rendaient sans enthousiasme. Le fait de ne jamais voir revenir parmi eux ceux qui les avaient précédés inquiétait la totalité des esclaves, et on pouvait imaginer qu'il en était de même parmi les mercenaires.

D'Tmir, avec les autres, sortit par le sas, se trouva dans l'ambiance du planétoïde souvent décrit par Wlic'k et les cosmatelots. Il faisait frais et on distinguait, sur l'horizon, une sorte de haute barrière noire. D'Tmir frémit en regardant dans cette direction.

Là-bas, c'étaient les terribles nuées émanant de ce sol fantastique. Les nuées au sein desquelles un homme plongé contractait l'étrange affection qui faisait de lui un homme d'argent, avec tout ce que cela pouvait constituer par la suite.

Il titubait. Il rencontra alors un regard, incroyablement mauvais, fixé sur lui. Il frissonna. C'était Sigoov.

L'ex-bagnard, assassin à plusieurs reprises, celui qui avait mené la révolte sur l'astronef xicorien, devait jouir de le voir ainsi asservi. Il haïssait le petit prince, avec cette hargne, ce fiel, qui est l'élément moteur de l'action des réfractaires, dévorés de jalousie et d'envie à l'égard de tout ce qui est qualité.

D'Tmir se reprit. Il ne voulait pas donner à l'abruti une impression de faiblesse et se mit en marche d'un pas ferme. Les vingt-quatre « ouvriers » devaient s'embarquer sur de petits engins électromagnétiques, évoluant sur coussins d'air, rapides et maniables, afin de se rendre avec leur encadrement dans la contrée où, prétendait-on, s'effectuait le ramassage des gemmes hypothétiques.

D'Tmir avait détourné ses regards, avec dégoût, pour ne plus rencontrer Sigoov.

Ce fut en se retournant qu'il vit l'homme aux yeux verts, descendu, lui, avec le contingent des mercenaires.

Ils se regardèrent une fraction de seconde. Et un véritable choc ébranla D'Tmir jusqu'en son moi le plus intime.

Cet homme, ce Terrien, il ne l'avait jamais vu. Et pourtant il le connaissait, mieux : il le reconnaissait.

Il savait que c'était LUI.

Celui qui, depuis son embarquement sur le « Grand Soleil », venait lui parler mystérieusement dans son sommeil.

Cependant on embarquait, sans douceur, les deux douzaines d' « ouvriers » sur les engins semi-volants. Outre le pilote, un Phoar naturellement, quatre gardes et deux androïdes faisaient partie de l'équipage. Les Phoars ne laissaient rien au hasard.

Un troisième appareil emmenait une bonne dizaine de ces miliciens Phoars, ainsi qu'un autre groupe de robots. Et les outils étaient disséminés à bord des divers engins.

C'étaient les éléments les plus simples (pelles, bêches, pioches) pour le travail individuel. Plus les appareils mécaniques tels que perceuses, foratrices, mini-pelleteuses, etc.) En apparence, on partait bien pour une entreprise minière classique. Mais D'Tmir, malheureusement, savait à quoi s'en tenir.

Pendant le voyage, d'ailleurs assez bref eu égard à la rapidité de ces véritables traîneaux sans patins dont l'air était le sustentateur, D'Tmir se sentit envahi par une foule de pensées.

Il croyait comprendre la tactique des Phoars. Plutôt que de se servir de sa personne pour tenter quelque chantage envers Ritiger et les Xicoriens, on préférait le faire disparaître parmi les nouveaux hommes d'argent. Lui, ainsi que les cosmatelots survivants de l'astronef xicorien. Roxa? Quel serait son sort? Et Wlic'k? Il pouvait être considéré comme un homme précieux puisqu'il était le véritable découvreur de la force inconnue.

Mais les Phoars répugnaient sans doute à être considérés comme forbans. Ils préféraient faire disparaître toute trace, comme tous témoins, de leur flibuste.

Alors? Plus d'une fois il avait imaginé ce voyage, son dernier d'homme normal puisqu'au retour il serait inéluctablement contaminé. Fallait-il se révolter? Crier à ses compagnons d'infortune la vérité? Et qu'on n'allait pas prospecter une mine quelconque, mais bien servir de cobayes à une horrifique expérience.

Dans ce cas, ce serait aussi perdre Roxa! La vouer au même sort!

Où était son devoir?

Et puis il avait vu l'homme aux yeux verts. Si bien qu'un sentiment inédit venait de naître en lui. Cet homme, à l'allure à la fois noble et sportive, très beau, très sympathique en soi... son correspondant inconnu?

Ils virent venir la zone tourmentée où le sol crachait des volutes noires qui stagnaient, se déroulant lentement sur les landes craquelées. Activité volcanique d'un style inconnu peut-être ? Tout était tellement incompréhensible !

Un officier phoar donna ses instructions. Les « ouvriers » ou soi-disant tels reçurent, les uns des outils à main, les autres (sélectionnés en vertu de leurs références) des appareils plus sophistiqués. On leur expliqua longuement ce qu'ils avaient à faire, leur recommandant de ne pas se soucier des nuages noirs, lesquels risquaient à certains moments de se rabattre sur eux en raison des fluctuations du vent.

D'Tmir avait le vertige. Si la révolte devait éclater, c'était maintenant ou jamais.

S'il se taisait encore, il vouait ses vingt-trois compagnons à cette mort lente dans la peau d'hommes d'argent.

Mais... mais il y avait Roxa... Roxa l'otage !...

D'Tmir tremblait, une pelle entre les mains. On ne l'avait pas jugé assez évolué pour lui confier une perceuse. Un simple et pauvre manœuvre, le prince de Xicor, le fils de Ritiger.

La gorge sèche, il jeta un regard autour de lui. Il hésitait encore. Il vit le mauvais rictus de Sigoov. Il vit...

Il vit l'homme aux yeux verts qui le fixait fortement et lui souriait.

Alors il explosa.

Il hurla !

Et ce fut la révolte !

CHAPITRE VIII

La voix de D'Tmir éclatait dans le micro de son casque. En effet, comme tous les soi-disant ouvriers, il avait été affublé d'un casque-masque de dépolex destiné à permettre la respiration sur cet astre désolé. On n'avait pas poussé le souci de confort des forçats à leur faire endosser un scaphandre, cela étant réservé à la gent milicienne qui les encadrait.

Mais la voix claire, juvénile, avait provoqué un frémissement. L'homme aux yeux verts semblait saisi d'un intérêt des plus vifs. Et les hommes, alentour, qui s'apprêtaient à se mettre en route pour aller fouiller ce sol qu'on leur désignait, brusquement choqués par l'intervention de D'Tmir, réagissaient déjà.

Surtout Tirii et Loob, deux solides cosmatelots qui, eux, connaissaient bien le petit prince et lui avaient souvent manifesté leur sympathie quand ils l'avaient vu partager leur triste sort. Eux aussi savaient à quoi s'en tenir sur ce qu'on leur réservait. Mais, eux aussi, victimes de chantage, avaient su se taire. Du moins jusqu'à cet instant.

Ils furent les premiers à se jeter sur les gardes. L'homme aux yeux verts, lui, hélait les Terriens et, comme un seul homme, le reste de la petite troupe suivit.

Aussitôt, ce fut la bagarre. Les miliciens, surpris, pris de court, avaient perdu une bonne minute et les esclaves révoltés en profitaient largement. Malheureusement, si les gardes, dont plusieurs étaient déjà assommés et mordaient la poussière eussent été en mauvaise posture devant ces forcenés qui subitement se déchaînaient, ils bénéficiaient d'auxiliaires précieux.

Les robots.

Un milicien lançait un ordre selon un code particulier à la langue Phoar, ce qui déclenchait aussitôt la contre-attaque. Les pseudo-ouvriers se virent promptement entourés par les androïdes, contre lesquels les coups de poing, les passes savantes de close-combat et autres astuces humaines ne pouvaient pas grand-chose.

D'Tmir était comme fou. Pourtant un reste de lucidité lui faisait entrevoir que la situation était déjà désespérée. Lui-même eût succombé aux sévices d'un gigantesque Phoar qui tentait de l'abattre d'un coup de poignard, sans l'action foudroyante et simultanée des deux cosmatelots xicoriens. Voyant le petit prince en péril, Tirii et Loob s'étaient rués à son secours. Tirii, muni d'une énorme bêche qui était son outil de travail (en principe) s'en servit pour briser le casque du milicien, et faire éclater le crâne par la même occasion.

Mais un autre garde avait braqué un fulgurant sur Tirii et le tuait sur place.

Cependant Féréol ne perdait pas de temps. Il

avait déjà regroupé autour de lui cinq Terriens et trois condamnés Phoars. Ainsi que deux autres malheureux venant de mondes différents et qui étaient malencontreusement tombés aux mains des pirates de Glo.

Avec ce groupe, il tentait de briser le rempart vivant des gardes, rempart dont la force était surtout constituée par l'appui solide des robots.

Les fulgurants lançaient leurs traits de feu et plusieurs révoltés, blessés plus ou moins grièvement, flanchaient déjà.

Un énorme androïde, mené à distance par un Phoar, avança de son pas mécanique, hiératique, mais irrésistible, sur l'homme aux yeux verts dont on voyait sans équivoque que c'était lui désormais qui dirigeait la révolte.

Peut-être eût-il rapidement succombé à l'étreinte formidable de cet adversaire inhumain sans une initiative dont l'auteur n'était autre que le cosmatelot xicorien Loob, un de ceux qui avaient volé au secours du petit prince D'Tmir.

Loob, avec un de ces réflexes qui sauvent tant de situations, avait prestement ramassé la perforeuse à main qui avait été dévolue à un de leurs pauvres camarades pour les éventuels travaux miniers. Ce malheureux gisait sans vie mais le cosmatelot brandissait l'engin, lequel se terminait par une énorme vrille destinée à pratiquer le forage des pierres les plus dures.

D'Tmir, qui chancelait, trébuchant parmi les corps étendus et les flaques de sang, admira la tactique de son coplanétriote.

Au moment où Féréol allait être saisi par les énormes pinces articulées qui servaient de mains à l'androïde (et cet organe artificiel était d'une précision et d'une subtilité inouïes) Loob se dressa entre l'homme et la machine mortelle.

Les gardes qui se tenaient un peu en retrait

pour laisser agir le robot purent grincer des dents, tandis que la vrille, tournant à une vitesse folle, s'enfonçait dans ce qu'on aurait pu appeler le ventre du monstre artificiel.

L'énorme chose s'arrêta, chancela, battit l'air de ses membres déphasés. Puis tandis que Loob retirait l'élément destructeur, on vit tituber ce semblant d'humain qui s'effondra dans un craquement sinistre et un crépitement d'étincelles.

Aussitôt les miliciens chargèrent, flanqués des autres robots et une rafale fulgurante coucha trois hommes sur le terrain, trois révoltés qui terminaient là leur triste carrière.

D'Tmir était totalement affolé. C'était lui qui était responsable de ce carnage. Il réalisait qu'il venait sans doute de condamner Roxa à mort. Et pourquoi ? Pour quel résultat ?

Il se sentit saisi par la main, entraîné. Il vit que c'était Féréol (il devinait maintenant que c'était le nom terrien de l'homme aux yeux verts). Plus que jamais subjugué par cet être dont il ne savait rien, sinon qu'il existait entre eux un lien indéfinissable, il lui emboîta le pas.

Une voix jeta, en xicorien :

— Je vous couvre ! Filez !

D'Tmir courait auprès de Féréol et il voyait que c'était Loob qui avait pris leur défense en braquant toujours la terrible perforatrice avec laquelle il venait d'abattre encore un milicien qui les serrait de près.

Plusieurs survivants parmi les esclaves couraient aussi de leur côté.

Et D'Tmir aperçut Sigoov. Le hideux personnage, survolté de haine, encore qu'il ne fît pas partie de la milice phoar, éructait de rage en voyant s'échapper le petit prince, celui qui représentait tout ce qu'il détestait au monde.

Cependant, les survivants de ce commando

décimé étaient bien décidés, quitte à y perdre la vie à leur tour, à tout tenter pour échapper à leurs ennemis.

Loob avait stoppé, pendant un bref instant, l'assaut des gardes. Mais il ne pouvait pas grand-chose contre la vague des androïdes, sinon les attaquer un par un, méthode qui ne pouvait guère réussir qu'une fois comme cela venait d'être le cas.

Féréol le hélait. L'homme aux yeux verts maintenait solidement la main du petit prince. On eût dit un grand frère s'évertuant au salut de son cadet. Et les autres, mercenaires, esclaves ou forçats, comme unis dans ce péril qui jetait à bas les frontières de race, de caste ou autre, volaient littéralement sur ses traces.

Ils restaient une quinzaine. Féréol bondissait sur ce sol tourmenté. Un peu partout, sous un ciel glacé où s'effilochaient parfois des traces noirâtres émanant de toute évidence des nuées périlleuses, on apercevait des crevasses ardentes, indiquant un véritable feu souterrain. D'ailleurs, D'Tmir ne l'ignorait pas, Wlic'k, qui avait minutieusement étudié l'étrange plané-roïde, estimait que le phénomène capable de mutations sur l'humain était d'origine vulcano-minérale.

Féréol, un peu au hasard, sautait de roc en roc, franchissait de ces lézardes, escaladait des pentes et dévalait dans des ravins. Il n'avait toujours pas abandonné D'Tmir et les autres rescapés suivaient.

Mais les miliciens paraissaient peu enclins à abandonner la partie.

Ce qui cependant ralentissait la poursuite, c'était le fait que les robots, en dépit de leur perfection technique, ne savaient pas courir très vite. On pouvait certes accélérer leur allure et provoquer une certaine vitesse de marche mais cela restait très en dessous des prouesses éventuelles d'un homme normal courant à pleines jambes.

Tout ce qui permit aux fugitifs de prendre une sérieuse avance.

Ils se retrouvèrent au-delà d'un petit ravin après en avoir escaladé la pente et, atteignant ainsi un sommet, d'ailleurs assez médiocrement élevé, ils tentèrent de faire le point.

Ils firent le compte. Ils étaient encore treize. D'Tmir se sentait bien essoufflé. Mais il souriait. A Féréol. A Loob. Aux autres.

Que convenait-il de faire ? Où aller dans ce désert ?

Autour d'eux, des flammes apparaissaient parfois, par intermittences. Elles jaillissaient de ces crevasses qui devaient surplomber un gouffre volcanique. Mais le rythme en était très capricieux et sans doute s'agissait-il de la respiration fantastique des abîmes, des chaudières infernales inaccessibles à l'homme.

Çà et là, de véritables rideaux de feu se constituaient par instants, pour disparaître très vite. Et, plus loin, beaucoup plus loin, dans la direction opposée à celle où était descendu le « Grand Soleil », on découvrait les sinistres remparts noirs, ces volutes ténébreuses au sein desquelles un homme devenait insidieusement un homme d'argent, et ce après une très courte stagnation.

On constatait que les miliciens, que leurs robots avaient rejointe, là-haut sur le versant opposé du ravin, paraissaient discuter et abandonner provisoirement la course sur le pas des évadés.

Féréol s'avouait embarrassé. Il estimait simplement qu'il fallait gagner du temps et s'éloigner le plus possible. Mais dans ce monde de désolation, que pouvait-on espérer ? Peu ou pas d'eau. Une végétation quasi inexistante. Un terrain fissuré par le feu central et, dans cette atmosphère glacée et irrespirable sans les casques, les terribles nuées ténébreuses.

C'est alors qu'un des forçats cria :

— J'ai froid !...

— Et moi je m'engourdis ! fit un autre.

Deux ou trois autres lancèrent les mêmes remarques, ce qui d'ailleurs commençait à correspondre à ce qu'ils éprouvaient tous.

Ce fut D'Tmir qui crut comprendre. Il râla :

— Le gel... Ils utilisent le gel... Il faut fuir... Fuir...

Là-bas, les miliciens phoars, en effet, se contentaient maintenant de braquer dans la direction des fuyards plusieurs appareils. Sortes de pistolets énormes à forme de tromblon.

Une foudroyante association d'idées s'était fait jour dans l'esprit de D'Tmir.

Le gel... Ce système encore inconnu de Xicor et d'ailleurs, utilisé par les Phoars. Ces radiations mystérieuses, gelant tout, paralysant les organismes. C'était avec cela qu'ils avaient conquis l'astronef xicorien et, sans doute, les autres vaisseaux spatiaux arraisonnés pour s'emparer des équipages.

Et c'étaient ces ondes maléfiques que les Phoars déchaînaient contre eux.

Ils fuyaient. Ils couraient éperdument à travers ce paysage de désolation, dans cet air glacé et nocif, parmi ces accidents de terrain qui crachaient parfois des flammes, ou çà et là des gerbes d'étincelles.

Et cependant ils sentaient tous les effets redoutables de l'arme exceptionnelle dont usaient les Phoars.

L'un criait « Je me paralyse » et on le voyait trébucher, gêné dans ses mouvements, dans sa course. Un autre, qui tentait de lui prêter main-forte, commençait à se sentir glacé. Et les uns et les autres échangeaient, essoufflés, leurs brefs commentaires concernant cet état de choses.

D'Tmir, Loob, et quelques-uns parmi les esclaves qui avaient été victimes d'attaques d'astronefs savaient eux aussi à quoi s'en tenir et comment les hommes de Glo disposaient d'une force terrifiante pour neutraliser un vaisseau spatial, détraquer ses appareils et précipiter son équipage dans ce froid mortel équivalent à une sorte de catalepsie.

Pendant quelques instants ils coururent encore mais leur allure se ralentissait considérablement. Ils devenaient gourds, maladroits, ils tiraient la jambe, titubaient. Plusieurs étaient déjà tombés et leurs compagnons les avaient relevés tant bien que mal, déjà handicapés eux-mêmes par l'effrayante arme de gel.

D'Tmir haletait. Il voyait toujours près de lui le regard encourageant de Féréol. Mais le Terrien, lui aussi, flanchait sérieusement et ne continuait à courir que par un visible miracle de volonté.

Loob les suivait de près. Instinctivement, le courageux cosmatelot, lequel n'avait pas lâché sa perforatrice, pensant évidemment à se servir encore de l'outil en guise d'arme pour un combat rapproché, continuait à aimer le petit prince et était prêt pour lui à toutes les audaces, tous les sacrifices.

D'Tmir, ainsi encadré, aurait pu croire pouvoir échapper définitivement à la poursuite des Phoars mais lui-même, comme tous les autres, devait bien admettre que c'était la fin et que les ondes réfrigérantes les atteignaient en dépit de l'éloignement, qu'ils perdaient dangereusement du terrain. Si la harde des Phoars et de leurs robots se rapprochaient, l'effet des tromblons diaboliques deviendrait encore plus efficace et ils tomberaient les uns après les autres, comme des insectes.

Comme cela s'était produit à bord du vaisseau spatial de Wlic'k, où D'Tmir avait éprouvé pour la première fois l'action de l'arme de gel, en compagnie de Roxa, de l'équipage et de Wlic'k lui-même.

Cependant, si la situation leur paraissait désespérée, ils luttaient encore. Le froid glissait sur eux comme un monstre aux tentacules multiples et la vie s'arrêtait petit à petit, il leur semblait que leur sang se glaçait dans leurs veines.

Féréol cria soudain :

— Encore un effort... Là... Devant nous !

D'Tmir, qui avait fermé les yeux, qui se croyait incapable de faire quelques enjambées de plus, les rouvrit, s'appuya sur l'épaule solide de Loob.

Le Terrien montrait le rideau de feu qui jaillissait brusquement d'une très longue crevasse du sol. Rien n'existait une minute auparavant mais, comme cela se produisait sur ce terrain de feu, ces semblants d'éruption n'apparaissaient que très irrégulièrement.

Alors, serrant les dents, se crispant de leurs dernières forces, bandant leurs suprêmes volontés, Féréol, Loob et D'Tmir se ruèrent, comme ils le purent.

Plusieurs membres du groupe des fugitifs étaient déjà tombés, à bout de forces, littéralement gelés vivants, atteints au hasard de la course par les radiations que leur dépêchaient généreusement les Phoars.

Les androïdes les rejoignaient et, avec leurs

97

gestes saccadés, rigides, inhumains, ils relevaient ces hommes paralysés, les chargeaient comme de vulgaires paquets et s'apprêtaient à les emporter vers le « Grand Soleil » de ce même pas hiératique, comme des portefaix de cauchemar.

Les Phoars, eux, mettant encore en avant plusieurs robots, traquaient les derniers évadés.

Ils pensaient en avoir fini avec eux quand Féréol, D'Tmir, Loob et cinq des esclaves révoltés foncèrent, s'aidant mutuellement, se jetèrent littéralement à travers un rideau de feu.

Ils se retrouvaient de l'autre côté, roussis, sourcils et cheveux brûlés, visages cuisants sous les casques qui avaient capté la formidable thermie. Les tenues grossières des ouvriers avaient été également atteintes par le feu. Mais le résultat dépassait leurs espérances.

Parce que non seulement ils constataient que les Phoars hésitaient à les rejoindre en raison d'une providentielle augmentation de l'échappement fulgurant, mais aussi parce que, subitement, ils ne ressentaient plus les effets nocifs de l'arme de gel.

Et cela pouvait s'expliquer de façon empirique, mais aussi naturelle.

Féréol les encourageait à ne pas perdre de temps, à profiter au moins de ce répit. La partie était loin d'être gagnée. Ils se trouvaient dans une sorte de petit cirque rocheux où le feu apparaissait çà et là. Derrière eux, il semblait que la nature voulût venir à leurs secours car il jaillissait du sol fissuré plus d'étincelles et de langues de flammes que jamais.

Loob eut un gros rire :

— Ces cons-là n'oseront pas franchir le rideau de feu !

C'était peut-être discutable. Il fallait un certain courage en effet pour se lancer, comme ils venaient de le faire tous les huit, les huit rescapés, au travers de ces gerbes fulgurantes. Il est vrai que l'homme de tous les univers, quand il se sent traqué comme une bête, trouve en lui d'incalculables ressources d'énergie et de témérité pour échapper au péril.

Ils s'étaient arrêtés pour reprendre haleine. Sous les masques de dépolex, ils riaient en s'entre-regardant. Ils haletaient, ils reprenaient leur respiration et bien que le froid ambiant fût très vif malgré les geysers de feu, ils ruisselaient sans doute autant des conséquences physiologiques de la course folle que de l'angoisse qui les avait étreints.

Le Terrien Dalibert, un des derniers rescapés, gronda soudain :

— Les robots !... Ils arrivent !...

— Ils viennent sur nous ! râla Kineg, un Centaurien captif sur Glo après le rapt d'un astronef de sa constellation.

C'était vrai. Les prudents Phoars ne se risquaient pas à travers les flammes mais ils dépêchaient leurs androïdes lesquels, impavides, marchaient vers les fugitifs.

Féréol jeta un regard circulaire rapide. Ils étaient encastrés dans cette sorte de petit cirque. Les parois, bien que médiocrement élevées, ne permettaient guère une prompte escalade et les robots avançaient, presque à la queue leu leu en suivant tout naturellement un layon qui serpentait sur ce terrain tourmenté, sans se soucier du rideau de feu qu'ils avaient franchi sans dommage (et de toute façon sans douleur) et marchaient sur les fuyards. Deux d'entre eux portaient, ce qui terrorisa les évadés, de ces tromblons dont on ne connaissait que trop les effets : des armes réfrigérantes.

Déjà les premiers symptômes se manifestaient en eux. Ils avaient subitement très froid, ils se sentaient engourdis.

Loob hurla :

— Écartez-vous !

Ils obéirent tous, d'instinct. Le Xicorien brandissait sa perforatrice et la pointait contre la paroi du cirque miniature. Pourquoi là et pas ailleurs ? Ils comprirent.

Des fissures laissaient échapper des langues de feu, courtes mais fréquentes. La fumée montait dans l'air glacé et des étincelles se manifestaient avec une cadence rapprochée.

Loob, formidable d'aspect, atteint parfois par les manifestations thermiques qui entamaient sa chair, attaquait la paroi.

Geste désespéré, pragmatique au possible !

Mais qui s'avéra efficace !

Il leur cria encore de s'écarter, de se mettre à l'abri. Féréol entraîna D'Tmir et les autres refluèrent avec eux.

La paroi, déjà fissurée naturellement, creva sous l'action de la vrille qui s'y enfonçait avec fureur. Loob n'eut que le temps de se rejeter en arrière pour échapper à ce qu'il avait soupçonné, flairé en quelque sorte, et que maintenait ce semblant de falaise.

Un jet de flammes, un torrent de lave et de scories brûlantes éclatait soudain. Loob alla s'écrouler, les jambes en l'air, mais tenant encore l'outil sauveur.

Pierres enflammées, boue surchauffée, tout cela dévalait comme un ruisseau menaçant, et les robots continuaient à avancer. Car ils n'étaient que des robots et, non dirigés (les Phoars demeurant au-delà du rideau fulgurant) ils ne savaient pas se défiler devant un danger envers lequel ils n'avaient pas été programmés.

Le ruisseau infernal dévala le layon, ce layon où s'était engagé le groupe des androïdes.

Et les androïdes furent balayés, renversés, emportés par ce torrent d'un nouveau genre, victime de cette source de feu que Loob, sourcier improvisé, avait su faire jaillir.

D'Tmir, Féréol et les autres hurlaient de joie dans leurs micros et entouraient Loob qui se relevait, le gratifiaient de claques retentissantes tout en lui criant leurs remerciements, leurs félicitations pour cette audacieuse et fantastique manœuvre inspirée par le désespoir.

Ils se croyaient sauvés, du moins pour le moment.

Ce fut Hya'r, l'homme de Cassiopée qui avait réussi à demeurer avec eux, qui les ramena à la réalité. Avaient-ils donc oublié sur quel astre d'exception ils se trouvaient maintenant ?

Le vent, ce vent glacé et dur, avait tourné. Au-delà du petit cirque, le ciel s'obscurcissait tout à coup. Quelque chose d'immense, de noir, quelque chose comme l'enfer en marche avançait vers eux, au-dessus d'eux.

La nuée ténébreuse !

Cette nuée dans laquelle un homme, plongé ne fût-ce qu'un bref instant, était soumis à la terrifiante mutation qui en faisait un catalyseur d'énergie, mais aussi, à plus ou moins brève échéance, un homme d'argent condamné à mort.

CHAPITRE IX

Tikjokk, capitaine de la flotte spatiale de Glo et responsable du « Grand Soleil », allait et venait dans le vaste carré qui servait de salle de réunion et de bien d'autres choses encore à bord de l'astronef des Phoars.

Plusieurs personnes occupaient actuellement cette pièce avec lui. Des officiers du bord. Deux gardes-chiourmes dont Sigoov, Xicorien lui, mais qui semblait avoir définitivement renié sa planète d'origine sur laquelle il avait commis tant de forfaits. Et un autre Xicorien, présentement assis, impassible.

Le commandant Wlic'k.

Car, tandis que D'Tmir s'interrogeait sur le sort de son maître et ami, il avait été tout simplement embarqué sur le « Grand Soleil » et, jusque-là, traité avec les égards dus à un officier supérieur, fût-il d'une force adverse.

— Commandant, disait le capitaine Tikjokk,

vous savez en quelle estime nous vous tenons... Ce planétoïde en apparence désolé, mais dont les ressources en énergie sont considérables et susceptibles de changer la face du monde, sa découverte vous est due... D'autre part, nous savons que vous avez minutieusement étudié la géophysique locale et que vous savez beaucoup de choses sur l'origine de ce qu'il est convenu d'appeler la force inconnue. Le déroulement de son imprégnation qui semble réservée au seul organisme humain, du moins jusqu'à nouvel ordre. Il est avéré, de surcroît, que vous connaissez dans le détail les expériences qui ont été poursuivies à Xicor sur les trois hommes d'argent, vos cosmatelots contaminés lors de votre débarquement initial dont l'un, d'ailleurs, a succombé à ce qu'on croit un hypervoltage imprudent...

Wlic'k avait écouté ce petit discours sans qu'un trait de son visage reflétât la moindre émotion, le plus petit intérêt.

Quadragénaire robuste, avec une belle face énergique surmontée d'une chevelure cuivrée — comme beaucoup de ses coplanétriotes — mais où filtraient quelques traces blanches, il demeurait impassible et digne.

Tikjokk le regarda en coin et parut légèrement déçu de cette attitude :

— Vous me suivez, commandant Wlic'k ?

— Parfaitement, capitaine Tikjokk.

— Alors ? J'aimerais votre avis ?

— Sur ce que vous venez de dire ? Mais, capitaine, je ne vois pas en quoi un prisonnier peut s'incorporer à vos problèmes.

Tikjokk eut un étrange sourire :

— Oh ! bien plus que vous ne le supposez... ou plutôt que vous prétendez l'admettre. Commandant ! Vous connaissez mieux que quiconque, et la force inconnue, et la façon de la catalyser, et les possibilités infinies qui découlent de ce genre de captation par l'humain... Et vous prétendez que vous ne pouvez nous être utile en aucune manière ?...

Il y eut quelques petits rires parmi les assistants. Wlic'k ne parut nullement s'en émouvoir :

— Dans votre exposé, capitaine, je relève quelque anomalie. Il est exact que j'ai (ou plutôt mon équipage et moi avons) découvert le planétoïde et, malheureusement, ces nuées noires aux effets effrayants. Trois de mes malheureux compagnons ont été effectivement les premières victimes humaines connues du phénomène. Je les ai ramenés à Xicor comme mon devoir me le commandait. Un point, c'est tout. Par la suite, des essais ont pu être réalisés en laboratoire et dans divers services spécialisés, c'est possible et même certain. Mais je vous demande de considérer, capitaine, que je suis un cosmonaute, un soldat. Non un scientifique et que je suis bien incapable de comprendre, donc de raisonner, sur un pareil sujet.

Il y eut un temps froid. Des regards s'échangeaient. Wlic'k, qui ne connaissait que trop le sinistre Sigoov, voyait le cruel rictus du misérable, lequel devait le haïr cordialement.

Tikjokk semblait, lui, quelque peu contrarié. Il reprit cependant, s'efforçant encore de paraître affable :

— Voyons, commandant ! Nous ferez-vous croire que vous avez été tenu dans l'ignorance des expériences tentées à Xicor ? Que vous ne savez pas comment est mort le cosmatelot Tra'z ? Et quels résultats surprenants et merveilleux ont été obtenus en utilisant en tant qu'énergie stimulatrice les organismes, de ceux qu'il est convenu d'appeler les hommes d'argent et les radiations fantastiques émises à partir de leur personne physique ?

— Tout ceci, capitaine, n'est pas de mon ressort. Mais (ce fut au tour de Wlic'k de sourire, amèrement en ce qui le concernait) je vois que les Phoars sont admirablement renseignés...

— Nous savons cela. Et bien d'autres choses, commandant !

— Je me doutais, capitaine Tikjokk, de la présence d'un traître à Xicor. Voire à même du vaisseau que j'ai eu l'honneur de commander et que les vôtres ont arraisonné par un procédé techniquement remarquable... mais au mépris de tout droit humain et ce en violation des règlements et conventions interplanétaires.

— Nous avons le droit d'être renseignés. N'existe-t-il pas des espions xicoriens sur Glo ?

— Les espions sont les espions, capitaine. Ils servent — à leur manière — et selon des procédés qui me répugnent, à moi qui suis purement militaire. Mais enfin, ils servent leur planète-patrie. Je pense donc qu'il y a eu trahison à Xicor. Et le traître finira, je l'espère, par être confondu et châtié !

Un officier phoar s'avança :

— Capitaine ! Nous perdons du temps et ces paroles sont oiseuses... Nous sommes ici, permettez-moi de vous le rappeler, non pour une discussion sur les mérites ou démérites des cosmatelots ou des agents secrets, mais pour prier courtoisement le commandant Wlic'k de nous communiquer ce qu'il sait, tout ce qu'il sait, et il en sait long, sur le planétoïde où nous sommes présentement amarrés !

L'homme avait le visage dur, glabre, cruel, commun à plus d'un Phoar.

Tikjokk se mordit les lèvres :

— Vous avez raison, lieutenant Hfll !

Il marcha soudain sur Wlic'k :

— Écoutez-moi ! Vous avez été tenu au courant ! Une équipe d'ouvriers, parmi lesquels se trouvaient votre jeune ami, le prince D'Tmir, s'est révoltée. Il y a eu des morts, des robots détruits. Quelques survivants sont en ce moment à errer à travers les landes, peut-être perdus dans les nuées noires car on a vu le vent les rabattre vers la zone où a lieu le drame... Aidez-nous à les sauver ! Dites-nous s'il existe un moyen de contrer...

Wlic'k haussa les épaules :

— A ma connaissance, aucun ! Et puis, que voulez-vous que je vous dise ? J'ai constaté ce que vous pouvez constater vous-même puisque vous êtes en escale sur cet astre exceptionnel.

— Vous refusez de nous éclairer davantage ?

Wlic'k ne daigna pas répondre. Tikjokk fit un signe.

Les deux chiourmes se précipitèrent sur le Xicorien. Wlic'k n'eut pas le loisir de se défendre. Sigoov avait profité de l'ordre pour lui assener un violent coup au menton qui l'étourdissait. Un instant après, Wlic'k revenait totalement à lui. Mais il avait été assis de force sur un siège métallique. On l'avait mis torse nu et ses poignets étaient fixés aux accoudoirs par des demi-cercles métalliques à jonction magnétique. Ses chevilles, également, bénéficiaient d'un même traitement.

Tikjokk regarda Wlic'k en face :

— Vous allez nous obliger à des actes que nous déplorons par avance, commandant Wlic'k. Alors que votre collaboration nous serait précieuse... Vous refusez même de venir en aide à votre ami D'Tmir...

— Assez de chantage ! Même si j'étais en mesure de vous apprendre ce qui s'est passé dans les laboratoires de Xicor, quel rapport avec le sort de D'Tmir et de ses compagnons ?

Le lieutenant Hfll ricana :

— Que de tergiversations ! Vous allez nous dire, Wlic'k, combien de temps un homme peut et doit être exposé aux nuées pour emmagasiner la force ! Quels sont les symptômes observés au cours du voyage de retour ! Le comportement de ces individus, les précautions à prendre pour éviter la contamination et...

- - Je vous ai dit que tout cela ne me concernait pas !

Tikjokk leva la main :

— Il suffit ! Vous avez tort, commandant, de vous obstiner... Mais je crois tout de même que vous deviendrez bientôt raisonnable...

Wlic'k faisait courageusement bonne figure. En fait, il sentait l'angoisse s'infiltrer en lui. Il connaissait maintenant les Phoars et les savait capables de tout, y compris de lui infliger les pires sévices.

Tikjokk continuait :

— Rassurez-vous ! Je vois que vous regardez ce cher Sigoov avec une certaine inquiétude. Non ! Nous ne nous servirons pas de lui pour utiliser les pires méthodes policières. Nous ne sommes pas des malfaiteurs... Nous disposons d'autres moyens !

Petit discours qui ne rassurait nullement l'ami du petit prince. Il s'efforçait cependant de demeurer impassible mais il ne pouvait neutraliser la sueur qui perlait à son visage et à son torse dénudé.

— Voyons, commandant Wlic'k. Un dernier effort ! Nous ne demandons pas à être vos ennemis, ni les ennemis de Xicor ! Vous devriez le savoir, dès que Glo décidera d'invertir votre planète, nous serons les maîtres en peu de temps ! Ne voulez-vous pas éviter à Xicor de devenir un monde d'esclaves ? Pour l'instant je vous demande peu de choses : mettre à notre disposition votre connaissance de ce planétoïde que vous avez exploré avant tout ! On évitera sans doute ainsi les incidents fâcheux tels que celui qui vient de se produire !

— Mais, lança Wlic'k, exaspéré par tant d'hypocrisie, vous voulez livrer des êtres humains aux nuées noires ! Les transformer en hommes d'argent ! Et vous voudriez que je participe...

— Votre astronef était en route avant le nôtre. Les Xicoriens avaient déjà le dessein de capter la force inconnue avec un potentiel humain !

— Des condamnés, capitaine ! Et des condamnés VOLONTAIRES ! (Sigoov ricana). Vous ne me ferez pas croire que ce formidable vaisseau qui nous contient a amené ici une foule d'individus connaissant parfaitement ce qui les attend ?

Hfll siffla entre ses dents :

— Wlic'k, il suffit ! Nous savons effectivement ce qui s'est passé à Xicor en laboratoire. Peu nous importe le sort de ces mercenaires et de ces esclaves, s'ils nous sont utiles ! Nous voulons de vous une collaboration efficace quant à la façon de se comporter ici... ce qui, en réalité, sera pour nous un gage de bonne volonté quant à notre collaboration future... avec vous d'abord, avec Xicor tout entière par la suite, quand le prince Ritiger se sera effondré et qu'un nouveau pouvoir s'établira !

— Un nouveau pouvoir ! Le vôtre, n'est-ce pas ? Le capitaine Tikjokk vient de le dire : Xicor devenant un monde d'esclaves...

— Vous refusez ? C'est votre dernier mot ?

Wlic'k ne répondit plus. Il était bien décidé à tenir bon et à se taire définitivement.

Alors le garde qui accompagnait Sigoov,

lequel couvait toujours le Xicorien d'un méchant regard, aida un des officiers à amener un singulier appareil. Wlic'k vit une sorte de heaume en dépolex, auquel attenaient des fils, des électrodes, et qui était relié à une petite boîte noire où clignotaient divers voyants multicolores.

On le coiffa dudit heaume et on commença à piqueter sa chair des électrodes munies de minuscules pointes. Il crut sentir sur lui un grouillement d'insectes nocifs.

— Première expérience qui sera, je l'espère, convaincante !

C'était Tikjokk qui avait parlé. On entendit ronronner la boîte noire et les voyants clignotèrent subitement à un rythme accéléré.

Wlic'k se sentit envahi par un courant, une sorte de violent frisson artificiel extrêmement désagréable. Une main invisible serrait sa gorge, un voile rouge passait devant ses yeux encore que, à travers le heaume de dépolex, il puisse distinguer ses bourreaux.

Et le cauchemar commença.

Le « Grand Soleil » était hermétiquement clos, mesure de protection classique des astronefs en escale autre part que sur un astrodrome. Dans un monde inconnu aucune précaution n'était à négliger. Certes, on estimait cet astre dénué de toute vie, animale, humaine, où autre. Mais on se méfiait.

Si les sas étaient soigneusement clos, deux Phoars disposés en sentinelles allaient, venaient, se croisaient, échangeaient quelques mots à travers les casques par les walkies-talkies. Ils subissaient le froid malgré leurs combinaisons et la nuit était venue. Le lointain soleil s'étant couché, le vent soufflait et ils apercevaient, de très loin, dans les lueurs dansantes du feu volca-

110

nique courant à ras de terre, des reflets sinistres sur les noires volutes qui contenaient dans leurs flancs le mystère de la force inconnue.

À un certain moment, l'un d'eux dit à son camarade, alors qu'ils se rencontraient pour la énième fois de leur veille :

— Tu ne trouves pas qu'il fait bien plus froid ?

— Ouais... ça doit baisser encore !

— Pourtant, nous ne sommes pas loin du terrain volcanique... Mais, je m'engourdis depuis un moment !

— Tiens ! Moi aussi ! Ce diable de vent pénètre, malgré notre carapace !...

— Dis... tu connais le règlement ? Quand ça va pas, on peut demander la relève !

— Pourquoi ? Tu te sens pas bien ?

L'autre ne répondit pas. Il luttait visiblement pour faire des mouvements que son organisme paraissait refuser. Et son interlocuteur, lui aussi, se sentait mal à l'aise. Des crampes quasi tétaniques les prenaient l'un et l'autre. Ils voulaient encore parler mais leurs langues se figeaient. Ils grelottaient et ils se sentaient envahis d'un froid mortel.

L'un d'eux chancela, s'abattit. L'autre, tombé sur les genoux, eut encore la force d'appeler, dans le micro du casque branché sur le poste de surveillance du vaisseau spatial.

Le sas s'ouvrit et plusieurs Phoars sortirent, se précipitant pour relever les sentinelles défaillantes.

Deux d'entre eux tombèrent presque aussitôt, devant des ombres surgies des ténèbres et qui braquaient sur eux, presque à bout portant, des objets en forme de tromblons.

On entendit le bruit caractéristique d'une perforatrice et un hurlement d'agonie. Un Phoar,

transpercé vivant, croulait dans un flot de sang.
Et d'autres ombres se précipitaient dans le sas,
bousculant les Phoars.

Le pugilat s'engageait...

CHAPITRE X

La confusion était extrême dans le sas d'entrée de l'astronef. Les Phoars, intimement persuadés que les évadés avaient péri dans le froid et la désolation, ou avaient tout au moins été victimes des nuées ténébreuses, n'avaient nullement imaginé qu'ils aient pu résister.

Si bien qu'en dépit de leur poste de garde, ils s'étaient laissé prendre au piège, un piège bien simple et bien grossier, tendu par les compagnons du petit prince de Xicor.

Ces derniers en effet avaient récupéré sur les corps des androïdes disloqués et tordus par le feu tellurique, trois tromblons intacts. Trois de ces diffuseurs d'ondes réfrigérantes dont les Phoars avaient su faire un si terrible usage, même dans les engagements cosmiques.

Conçus selon le même principe, les tromblons étaient d'une efficacité redoutable, surtout en combat rapproché. Les survivants du commando révolté, risquant le tout pour le tout, combattaient avec cette énergie des désespérés qui n'ont plus rien à perdre et tout à gagner.

Les quelques Phoars qui occupaient le poste avaient donc été surpris et ils eussent promptement succombé sans l'intervention de deux de leurs androïdes. Deux de ces formidables robots, précieux auxiliaires des forces Phoar.

Si Loob, toujours terrible, toujours fonçant, avait déjà enfoncé sa perforatrice dans l'organisme d'un de ces monstres, le second avait étendu ses « mains » puissantes. Kineg était littéralement broyé vivant, tandis qu'un Phoar abattait Pedrez en le transperçant du glaive de laser d'un fulgurant. Mais Loob revenait à la charge et cette fois, débarrassé du premier robot, transperçait le second en lui plantant dans le dos la vrille effroyable de son engin. Trop tard malheureusement pour sauver Kineg qui n'était qu'un pantin disloqué et sanglant.

D'Tmir, le Franco-Terrien Dalibert et Top'l, un forçat de Glo qui s'était joint à eux par la force des choses sous la direction de Féréol, en finissaient avec les derniers Phoars du poste. Et Féréol bondissait vers l'interphone, et sa voix éclatait à travers l'immense vaisseau spatial.

Mercenaires et esclaves, dans leurs compartiments respectifs, entendaient son appel.

— A tous... Ici, Féréol le Terrien... Je suis avec le prince de Xicor et des compagnons rescapés... Nous sommes maîtres du poste de surveillance... Éveillez-vous tous, révoltez-vous ! Les Phoars vous mènent à la mort en vous livrant aux nuées noires de ce monde, ce qui vous rendra esclaves à tout jamais, mutés en véritables piles vivantes !... Battez-vous, jusqu'à la mort s'il le faut ! Et si nous succombons nous-mêmes... Luttez ! Luttez ! Que nous ne soyons pas morts pour rien !

Les Phoars, bien entendu, percevaient également ce discours, lancé en spalax, l'idiome universel établi entre les planètes civilisées. Certes, c'était bien arbitraire ! Mais Féréol spéculait sur le fait que la colère couvait, que les mercenaires se sentaient frustrés, trompés, depuis longtemps. Les soi-disant richesses minières du planétoïde devenaient fantomatiques et l'arrivée de la chaîne d'esclaves, avec lesquels on leur avait interdit tout contact, n'avait pas peu fait pour éveiller les soupçons et irriter les caractères.

Il se passa promptement ce que souhaitait l'homme aux yeux verts. Un mouvement se produisit immédiatement. Tous les esclaves embarqués à Glo, qui étaient de ceux qui se savent condamnés sans même savoir à quel supplice, se levèrent comme un seul homme. Les Phoars se précipitèrent pour envahir leur compartiment mais les premiers, bien qu'abattant plusieurs révoltés, furent promptement dépassés par la harde furieuse.

Le bruit de ce conflit emplit aussitôt l'astronef. Les mercenaires, eux, jouissant d'un peu plus de laxisme, en profitèrent pour forcer la consigne qui leur interdisait encore toute liberté de manœuvre. Là aussi il y eut des victimes, les miliciens Phoars se précipitant avec des fulgurants au laser et des tromblons réfrigérants. Malheureusement pour eux, ils eurent beau tuer une bonne dizaine de mercenaires, ils furent rapidement submergés par le nombre. Tous ces hommes, comprenant enfin ce qu'ils soupçonnaient depuis un bon moment, se jugeant trompés, ce qu'ils n'étaient guère prêts à pardonner, subjugués également par la voix de ce Féréol que tous estimaient, réalisaient que leur seul salut résidait dans une opposition farouche à ceux qui les encadraient.

L'attitude maladroite des Phoars, tentant d'étouffer la révolte dans le noyau en foudroyant quelques individus, acheva de convaincre l'ensemble de ces aventuriers qui avaient au moins une vertu en commun : le courage. La témérité qui ne connaît pas de limites.

Dans le sas, Féréol et D'Tmir, avec Loob, Dalibert et Top'l, pouvaient se croire — provisoirement — maîtres de la position. Certes, cela risquait de ne pas durer et, seuls, ils eussent été vivement rejoints, abattus ou faits prisonniers par les Phoars. Mais toutes les forces miliciennes, se joignant à l'équipage proprement dit des cosmatelots Phoars, se heurtaient à la fois aux esclaves et aux mercenaires.

Et un élément nouveau acheva de jeter le trouble dans ce chaos qui devenait plus sanglant que jamais, les révoltés s'emparant au fur et à mesure des armes des Phoars qu'ils abattaient, engageant avec leurs adversaires de véritables batailles rangées. Mais ce qui dominait, c'était que, on ne savait trop comment, le feu prenait dans plusieurs départements du vaisseau spatial.

Dans le sas, où gisaient plusieurs guerriers Phoars, les deux androïdes démolis par Loob, et malheureusement les corps de Kineg et de Pedrez, Féréol, saisissant D'Tmir par le bras, grondait :

— Courage, petit prince ! Il nous faut sortir d'ici... rejoindre les autres !

Top'l se rapprocha. Mais Dalibert d'une part, Loob tenant toujours la perforatrice maintenant rougie du sang de deux Phoars qu'il avait abattus après les robots, disaient l'un et l'autre :

— Nous allons devant vous!... Marchez!...
Mais surtout, ne nous approchez pas! Oh!...
surtout!... Ne nous touchez pas!...

Wlic'k n'était plus que souffrance.

Et cependant nul bourreau ne le tenaillait.
Hormis les électrodes fixées dans sa chair et qui
n'étaient que simples piqûres d'insectes, il ne
subissait aucun sévice apparent.

Rien que ce heaume transparent qui englobait
sa tête et touchait aux épaules, alors qu'il
demeurait ligoté sur le fauteuil.

Autour de lui, le capitaine Tikjokk, le lieutenant Hfll, les officiers Sigoov et le garde-
chiourme Phoar se tenaient immobiles, attentifs.

Ils voyaient le malheureux, incapable du
moindre mouvement, dont la chair nue était
agitée de crispations qui auraient fait mal à
regarder pour des âmes moins féroces. Ils
voyaient la sueur qui ruisselait sur sa poitrine et,
à travers le masque, sur son faciès parcouru de
tics et de rictus.

Wlic'k sombrait dans un monde inconnu. Un
monde de ténèbres et de flammes, de glace et
d'horreur.

Que voyait-il? Que ressentait-il? Qu'enten-
dait-il? Il eût été bien incapable de le définir.

Tout son être était parcouru de frissons. Car il
se sentait mourir, mourir lentement, précipité
dans il ne savait quel abîme de ténèbres qui
devenait le cosmos tout entier.

Il croyait par instants percevoir des étoiles et
ces étoiles entraient en lui comme des crocs
ardents. Il entendait tinter des instruments
inconnus, et les sons le pénétraient comme des
bêtes malfaisantes. Il goûtait tous les dégoûts et
il frémissait à des caresses qui déchiraient petit
à petit toutes les cellules de son corps.

Tous les venins de l'univers coulaient dans ses veines et mille dents cruelles mordaient son cœur et ses entrailles...

En réalité, Wlic'k ne souffrait pas dans son corps. Il ne sentait même plus les piqûres des pointes des électrodes enfoncées dans sa chair et qui provoquaient de minuscules points rouges. Tout se passait dans son cerveau, son cerveau submergé par un flux ondionique qui déterminait cette sensation cauchemardesque multipliant les tortures.

Il croit qu'il avance, qu'il trébuche. Il tombe !

Il tombe dans un puits.

Il tombe dans un gouffre.

Il tombe dans le noir.

Il tombe dans la nuit.

Il tombe dans la mort, le néant.

Des monstres l'entourent.

Des monstres le cernent, l'attaquent, le griffent, le mordent.

Des monstres le dévorent vivant.

Des humains apparaissent, plus redoutables encore.

Des hommes déchirent ses membres avec des tenailles rougies.

Des femmes lacèrent son visage, lui arrachent les yeux, lui mangent le cœur.

Des bourreaux... Des bourreaux... des bourreaux partout !

Il fait froid. Un froid comme il n'en a jamais imaginé.

Il fait plus que froid. Au-delà du froid.

Il atteint le paroxysme, le zénith-nadir du froid, là où le froid devient brûlure.

Il brûle. Il grille. Il rôtit tout vif.

Chaleur. Thermie. Brasier. Fournaise. Bûcher. Four.

— Au secours !... Je brûle... Je flambe tout vivant !...

Wlic'k hurle, appelle désespérément à l'aide.

Le feu. Le feu est là. La sensation est si vive qu'elle crève le fantasme, qu'elle déchire le cauchemar artificiellement fabriqué par les bourreaux Phoars au profit d'une réalité qui n'est nullement préférable.

Parce que, RÉELLEMENT cette fois, le feu est là.

Wlic'k revient à lui sous le choc, sentant l'atroce ambiance de l'air hyperchauffé qui l'enserre, l'étouffe, commence à corroder sa chair.

A travers le dépolex, il voit.

Les Phoars sortent en désordre, sous l'impulsion d'une véritable panique. Ils brandissent des armes, ils semblent courir au combat.

Et le feu est partout. Wlic'k comprend au moins une chose : l'astronef est incendié. Le « Grand Soleil » se transforme en brasier.

Les Phoars ne songent plus à leur victime, à l'homme qu'ils étaient en train de torturer pour l'amener à devenir un de leurs comparses. Ils courent au-devant de l'ennemi.. De ce torrent rouge qui déferle.

Mais, autour de Wlic'k, la fumée envahit la salle. Des flammes apparaissent un peu partout. Des étincelles jaillissent et pleuvent sur lui. Arraché aux images monstrueuses qu'on faisait naître dans sa pauvre tête meurtrie à partir d'un système nerveux savamment piqueté d'électrodes, le Xicorien retombe dans une effrayante réalité.

L'étau rouge l'enserre. Il comprend que tout est fini. Qu'il va mourir là, seul, abandonné même de ses tortionnaires par un paradoxal retournement de la situation.

Que se passe-t-il donc à bord du « Grand Soleil » ? Il ne le saura jamais.

Puisqu'il va mourir. Puisque...

— Wlic'k !... Wlic'k !...

Encore un rêve, une illusion, une fantasmagorie supplémentaire sans doute engendrée par la diabolique installation.

Un visage ami, bien-aimé, apparaît dans les nuées rouges qui roulent autour du supplicié.

— D'Tmir... D'Tmir...

D'Tmir n'est pas seul. On le délivre, on soulève le heaume qui l'étouffe, on retire les pointes méchantes qui mordent son torse où étincellent curieusement des gouttes de sueur que les reflets du brasier font rouges, et des gouttes de sang qui possèdent cette tragique couleur naturellement.

— D'Tmir, répète Wlic'k.

Il s'évanouit. Il ne sent pas qu'on le soulève, qu'on l'emporte. Et il ne voit pas que des hommes courent partout, que des extincteurs puissants sont mis en batterie, que les survivants du terrifiant combat, oubliant parfois l'antagonisme, sont en train de combattre le foyer qui s'est allumé et qui menace de détruire tout au moins partiellement les installations internes du vaisseau spatial.

Parce que l'engagement a été terrible. Les Phoars ont reculé. Féréol, qui mène le combat, a vainement tenté d'éviter le massacre. Mais les mercenaires, et tous ces esclaves qui maintenant savent à quel sort terrifiant on les réservait, sont exaspérés. Une grande partie des leurs a trouvé la mort sous les armes fulgurantes, les glaives-lasers des Phoars. Seulement ils ont eu l'avantage du nombre et les officiers Phoars, autour du capitaine Tikjokk, ont décidé de se rendre.

Féréol a lutté. Il a crié, dans les interphones, qu'il fallait respecter la vie de ces êtres qui ont lutté courageusement pour leur cause. Sans grand succès car comment endiguer la fureur d'hommes tels que Loob, tels que Dalibert, qui n'ont plus rien à perdre ni l'un ni l'autre, et de tous ceux auxquels Féréol a crié la vérité, a révélé l'atroce imposture des Phoars ?

Finalement, tandis qu'on jugule l'incendie, qu'on mesure le désastre, bien des cadavres gisent un peu partout. Ceux qui ont été tués pendant le combat et ceux que les révoltés achèvent de massacrer. Toutefois, la fureur sanglante s'apaise et la voix à la fois autoritaire et convaincante de l'homme aux yeux verts endigue la colère. D'Tmir a joint sa voix à celle de son compagnon, ce qui a fortement agi au moins sur ceux de Xicor. Le calme revient.

Féréol organise les secours. On sortira tous les morts. On devra les laisser sur le planétoïde. Il faut déblayer les décombres, mesurer les effets du sinistre, savoir si, oui ou non, le « Grand Soleil » sera en état de reprendre l'espace.

On soigne les blessés. On conduit les derniers Phoars sauvés de justesse dans un compartiment où ils seront sévèrement gardés. Et on compte les survivants.

Un peu plus de cent cinquante. Xicoriens, Terriens, Centauriens, Cassiopéens, d'autres encore. Tous victimes des hommes de Glo, des diaboliques Phoars, les pirates du grand vide. Ceux qui voulaient faire d'eux tous des catalyseurs de la force inconnue, des hommes d'argent.

D'Tmir, rassuré sur le sort de Wlic'k, furète partout. Il a son idée. Il cherche, cherche inlassablement à travers l'immense astronef. Il interroge le capitaine Tikjokk. Le Phoar oppose une morgue hautaine aux demandes du petit prince, qui se désespère de ne pas recevoir de réponse à ses questions.

Mais Loob se dresse. Plus effrayant que jamais. Le grand Xicorien n'a pas lâché la perforatrice. Il écoute D'Tmir, couve d'un regard terrible le Phoar dédaigneux et qui garde le silence.

Soudain, il avance, met la machine en route. Tikjokk blêmit en voyant pointé sur son ventre la vrille qui tourne à mille tours-seconde.

— Réponds, Phoar ! Réponds au petit prince de Xicor... Sinon...

Tikjokk transpire d'horreur. Et il parle !

— Merci, Loob, crie D'Tmir. Laisse-lui la vie sauve !

Loob s'écarte, comme à regret. D'Tmir court, court à travers l'astronef où stagnent les fumées de l'incendie, enjambant des décombres, contournant des cadavres, haletant à l'idée de ce qu'il va trouver, redoutant d'arriver trop tard.

Enfin, il se trouve devant une cabine. Fermée. Bloquée magnétiquement.

Encore une fois, Loob intervient et le fantastique vilebrequin déchiquette la porte métallique.

L'ouverture est pratiquée. D'Tmir se précipite. Hurle !

— Roxa ! ! !

— Toi ! ! !

Roxa est là. Il le savait d'instinct. Il a toujours cru que les Phoars retenaient la jeune fille non loin de lui. Jugeant ainsi qu'il se tairait jusqu'au bout, qu'il ne révèlerait pas le véritable but de l'expédition aux mercenaires et aux esclaves.

Roxa et D'Tmir ne disent plus rien. Ils sont aux bras l'un de l'autre. Ils ne se rendent plus compte de rien. Loob s'est discrètement effacé. Les amants réunis pleurent, de bonheur sans doute, frémissants d'émotion heureuse.

D'Tmir est au paroxysme de la joie.

Aussi, un peu plus tard, s'arrachant à l'étreinte

initiale, au moment où il va partir en emmenant Roxa retrouvée avec lui, est-il très surpris de constater l'étrange regard que quelqu'un jette sur le couple, particulièrement sur la fille aux cheveux de cuivre flamboyant.

Féréol, son ami Féréol !

Mais Féréol ne dit rien, salue Roxa avec un sourire, dit à D'Tmir :

— Maintenant, il faut faire le bilan. Savoir où nous en sommes. Compter les survivants. Distribuer la tâche de chacun. Le salut est au bout !

D'Tmir comprend tout cela. Mais Roxa, toujours énergique, assure qu'elle participera aux travaux. Tous les vivants se mettent à l'œuvre. Il faudra du temps pour remettre l'astronef, sinon en parfait état, du moins fonctionnel et habitable.

Wlic'k, luttant contre sa fatigue, examine déjà les réacteurs, soucieux de savoir si la machinerie tiendra malgré les avaries. Comment et quand on sera susceptible de reprendre l'espace.

D'Tmir devrait être comblé. Mais il ne peut oublier l'attitude de Féréol.

CHAPITRE XI

Ils étaient repartis !

Cela n'avait pas été sans difficulté et il leur avait fallu du temps. Plusieurs révolutions du planétoïde. A un certain moment ils s'étaient hermétiquement enfermés dans l'immense cockpit du « Grand Soleil ». En effet à la suite de mouvements météorologiques succédant à quelques secousses sismiques, l'activité tellurique avait provoqué une recrudescence des nuées noires. Puis, sous l'influence des vents toujours violents, on avait vu la masse ténébreuse qui s'avançait comme une montagne mouvante et enveloppait lentement la carène de l'astronef.

Maintenant, tous à bord savaient ce que cela signifiait. Tous avaient pu trembler. On avait minutieusement vérifié l'étanchéité générale du vaisseau spatial. Finalement, les courants aériens avaient balayé l'épaisse couche de sombre brume et le jour, un jour relatif, avait fait sa réapparition au grand soulagement des passagers qui n'étaient malgré tout qu'à demi rassurés.

Entre-temps, avait commencé la pire des corvées : l'inhumation des cadavres. Plus d'une centaine, à la fois les Phoars presque au grand complet et une bonne partie de leurs esclaves. Quant aux malheureux qui avaient fait partie du commando révolté et trouvé la mort dans la région où stagnaient habituellement les nuées, ils seraient à jamais privés de sépultures.

Les derniers Phoars, dont Tikjokk, demeuraient captifs et on les surveillait de près. Cependant, Wlic'k et les quelques techniciens qu'il avait pu sélectionner parmi les rescapés s'étaient mis à l'ouvrage et n'avaient pas perdu leur temps.

Il importait en effet de savoir dans quelle mesure le « Grand Soleil » était susceptible de repartir. Tandis que la majorité des hommes s'évertuait à nettoyer l'astronef, à se défaire des décombres de l'incendie, à remettre un maximum de compartiments en état, à trier ce qui pouvait être récupéré, on avait travaillé ferme sur les réacteurs et d'une façon générale tout ce qui constituait la structure technique du vaisseau. Wlic'k, après de longues stations devant les appareils et de multiples essais, avait pu affirmer à D'Tmir, à Féréol et à Roxa qu'il croyait pouvoir se porter garant d'un envol.

Réussirait-on à rallier Xicor, c'était une autre affaire. Mais de toute façon il n'était pas question de demeurer éternellement sur le planétoïde et nul n'y songeait.

Seule femme à bord, Roxa, délivrée, se dévouait et s'était révélée particulièrement efficace à l'infirmerie où elle avait beaucoup à faire, aidée par quelques rescapés qui s'évertuaient de leur mieux. Il avait été décidé d'un commun accord qu'on ne ferait en aucun cas appel aux Phoars, ni pour la mise en route du navire, ni pour aucune mission de quelque ordre que ce soit.

Tacitement, tous avaient accepté l'autorité de Féréol. L'homme aux yeux verts, souriant mais ferme, se multipliait et chacun s'inclinait devant sa noble silhouette, sa courtoisie permanente, le côté judicieux de ses conseils. Le petit prince s'attachait beaucoup à lui. Il n'avait fait aucune allusion à la mystérieuse communication mentale qui l'avait si bien soutenu et dynamisé au départ de l'aventure. Mais il demeurait persuadé que Féréol en était l'auteur. N'était-ce pas le Terrien qui, d'un seul regard, avait déclenché en lui le mouvement de révolte qui était à l'origine de la chute de l'équipage Phoar, avec malheureusement à la clé un grand nombre de victimes ?

Roxa paraissait heureuse. D'Tmir, toutefois, s'étonnait encore de ne pas observer entre la jeune fille et son ami terrien les liens d'amitié et de confiance qu'il eût souhaités, analogues par exemple à l'accord qui existait entre Roxa et Wlic'k, lesquels avaient paru bien aises de se retrouver. Mais il avait assez de préoccupations présentement et ce n'était qu'un élément mineur.

Un grave, très grave problème avait été soulevé. Un conseil s'était tenu, autour de D'Tmir, prince de Xicor, du commandant Wlic'k sur lequel reposait désormais le sort du « Grand Soleil », de Féréol le Terrien devenu pratiquement le chef des esclaves et des mercenaires révoltés, plusieurs délégués des divers groupes ethniques, et naturellement Roxa.

Il importait de savoir si tout cela avait eu lieu pour rien et si l'astronef, désormais devenu pratiquement propriété xicorienne, reviendrait vers la planète où régnait Ritiger sans la moindre parcelle du carburant représenté par la force inconnue.

Tous frissonnaient rétrospectivement en songeant à ce que leur réservait la cruauté froide des Phoars. Et plusieurs estimaient qu'il eût été juste de récupérer la puissance extraordinaire du planétoïde en utilisant quelques-uns de ces Phoars inhumains que tous haïssaient cordialement.

C'était si simple ! On en exposerait un ou deux groupes aux nuées noires tandis qu'ils seraient encadrés par des hommes soigneusement protégés dans leurs scaphandres, ligotés au besoin et, quand les caprices du vent auraient dissipé la nappe de brume noire, on les ramènerait à bord.

Pollués ! Contaminés ! Imprégnés des terribles radiations ! Métamorphosés en piles vivantes, en centrales précieuses, en dynamos efficaces !

Mais condamnés à devenir des hommes d'argent avec tout ce que cela comportait de risques mortels. Encore ne savait-on pas, les télécommunications étant devenues impossibles, quel était le sort des deux rescapés demeurés sur Xicor, les derniers cosmatelots de Wlic'k.

Là, on s'était heurté à un veto formel. Celui de D'Tmir !

Vouer des hommes à un tel sort, fussent-ils des ennemis et, maintenant même, fussent-ils volontaires, le petit prince s'y opposait formellement.

Il ne mesurait que trop les conséquences de l'effroyable mutation. Non ! Il ne voulait pas que des humains subissent pareil sort !

En vain lui avait-on remontré que le salut de Xicor était en jeu. Qu'il eût suffi de vingt hommes d'argent pour alimenter pendant un bon moment les éléments moteurs de sa planète-patrie, il s'était obstiné.

Les mercenaires n'étaient guère d'accord. Parmi les Phoars rescapés, il y avait quelques brutes peu sympathiques qu'on eût sacrifiées sans beaucoup de scrupules. Il y avait Tijkokk. Et aussi un Xicorien, Sigoov, dont nul n'avait guère à se féliciter.

D'Tmir refusa.

Consulté, Féréol, dont chacun appréciait le bon sens et la souriante sagesse, déclara qu'il se rangeait auprès de D'Tmir, au nom de l'humanité cosmique. Et Roxa souffla à l'oreille du petit prince :

— Je suis fière de toi !

Car le fils de Ritiger s'était exclamé :

— Ne trouvez-vous pas qu'il y en a assez avec nos deux pauvres amis ?...

Wlic'k, Roxa et les autres avaient finalement appris ce qui s'était passé dans les terres désolées, après que l'énergique Loob eut repoussé le commando Phoar et détruit les androïdes dans un torrent de lave en fusion.

Un coup de vent avait rabattu des volutes noires sur eux. D'Tmir, Féréol, Top'l (qui par la suite avait trouvé la mort dans le combat à bord), Kineg et Pedrez (victimes de l'engagement lors de l'attaque du sas) avaient pu se mettre à l'abri dans une anfractuosité de roc, ce qui leur avait évité la pollution.

Mais Loob et le Franco-Terrien Dalibert, eux, n'avaient pas eu le temps, ou le réflexe, de les rejoindre à temps et leurs amis, épouvantés, les avaient vus disparaître un moment dans le tourbillon noir.

Ils étaient demeurés perdus quelque temps dans cette soupe ténébreuse. Puis il y avait eu dissipation. Mais le mal était fait. S'ils ne ressen-

129

taient encore rien, tout portait à croire que Loob et Dalibert deviendraient sous peu des hommes d'argent.

Depuis ils avaient soigneusement évité tout contact avec leurs compagnons lors de l'expédition, du retour, de la ruse qui avait perdu les gardiens du sas.

A présent, ils étaient isolés dans leurs cabines et ils se résignaient à leur sort. D'Tmir et Féréol les visitaient souvent, sans les toucher, afin de les soutenir de leur sympathie. Roxa et Wli'k se joignaient à eux.

On tentait de leur faire miroiter que tout n'était pas perdu et qu'une fois à Xicor, peut-être trouverait-on un moyen de guérison. Mais tout cela demeurait du domaine de l'hypothèse et les deux garçons hochaient tristement la tête en entendant ces paroles qui se voulaient rassurantes.

C'était en leur nom que D'Tmir, horrifié, avait élevé un refus formel au fait qu'on livrât les Phoars, ces esclaves de Xicor désormais, aux effets des redoutables et merveilleuses nuées. Finalement, Féréol donnant son appui, on avait renoncé à cette exploitation d'êtres humains.

Et, grâce aux efforts de Wlic'k et de ceux qui l'avaient assisté, l'astronef, relativement — très relativement — remis en état, avait fini par prendre son vol.

Il fallait rejoindre Xicor, ce qui n'était pas une mince affaire. D'autre part, non seulement on naviguait sur un navire avarié, où le sinistre avait occasionné d'importants ravages, mais encore il fallait tenir compte d'une intervention éventuelle de la flotte de Glo.

Certes, disait le commandant Wlic'k, l'espace, c'est vaste, très vaste ! Mais les Phoars, intrigués peut-être par le silence du « Grand Soleil » étaient susceptibles de lancer un vaisseau ou deux à sa recherche. Et le sidéroradar permettait des détections à plusieurs parsecs de distance.

Malgré tout cela, un certain optimisme régnait maintenant à bord. Mercenaires et anciens esclaves fraternisaient. Il eût été utopique de demander à ces hommes un peu de discipline et, momentanément du moins, on les laissait agir à leur guise. En réalité, à bord du vaisseau ravagé, les divertissements laissaient à désirer. Roxa obtenait un franc succès, unique représentant de la gent féminine, non seulement en s'affairant à l'infirmerie, en assistant aux repas pris en commun, mais quelquefois en chantant pour eux quelques vieilles complaintes du folklore xicorien. Ainsi, les mains de temps passaient plus vite.

Les Phoars prisonniers étaient calmes. Résignés, semblait-il, à leur défaite.

Féréol et Wlic'k, désormais représentant à eux deux l'âme du « Grand Soleil », s'entendaient fort bien. L'un faisait de son mieux pour garder un contact aussi étroit que possible avec des passagers disparates, l'autre surveillait étroitement le système de propulsion, non sans éprouver quelques inquiétudes quant aux réserves de carburant, qui menaçaient de s'épuiser d'autant plus rapidement que l'incendie avait endommagé les containers d'aura-hélium, ce gaz extrait d'un minerai particulier et que les mondes techniquement avancés avaient choisi quasi universellement pour alimenter les moteurs de leurs astronefs.

Tous ceux qui avaient quelque connaissance de la navigation spatiale (il y en avait des diverses planètes) constituaient un semblant d'équipage. Il faut reconnaître que les autres, presque dans leur ensemble, acceptaient de bonne grâce les corvées quelquefois assommantes nécessitées par la cohabitation de tant de personnes. Bien sûr, les caractères s'éveillaient parfois et c'était, comme toujours, Féréol qui s'évertuait à calmer les esprits, à arrêter les rixes. Mais l'absence à peu près totale d'alcool à bord, et une répartition rigoureuse du peu de tabac, herbes et autres excitants végétaux dont on disposait ne favorisait pas non plus l'exaltation des instincts.

D'Tmir et Roxa vivaient des moments enchantés. Le petit prince, si heureux de retrouver l'aimée, s'abandonnait souvent sur le sein accueillant de la belle aux cheveux de cuivre flamboyant. Toutefois, il n'oubliait ni Xicor, ni son père, ni l'avenir de la planète-patrie. Et quand il s'en ouvrait à Roxa, celle-ci cherchait à apaiser ses tourments.

— Tu verras, lui disait-elle, nous connaîtrons encore de beaux instants... Même si nous manquons d'énergie technique, nous finirons bien par trouver une solution... Peut-être grâce à une alliance avec un autre monde !...

Des mots, certes. Mais le petit prince ne demandait qu'à se laisser consoler et qui, mieux que la femme aimée, sait apaiser les scrupules ?

Il n'y avait qu'un point noir dans cette pseudo-euphorie générale. Un souci qui échappait relativement aux passagers, heureux avant tout d'avoir échappé aux effets des nuées noires, dont on n'avait pas manqué de leur faire une description détaillée.

C'était justement le fait que deux hommes à bord avaient été atteints par lesdites nuées. Et que, malgré le vague espoir des premiers moments où on avait pu supporter que Loob et Dalibert aient pu échapper à l'imprégnation de ces radiations incompréhensibles, Wlic'k,

D'Tmir, Féréol et Roxa, qui continuaient à les visiter fréquemment, commençaient à distinguer avec effroi les premières manifestations du mal.

C'était, au départ, anodin. Juste quelques points brillants qui apparaissaient sur l'épiderme. Loob en portait au front, Dalibert sur les épaules. Mais, de stade de temps en stade de temps, on découvrait que ces points s'étendaient et que l'épiderme des deux hommes virait à une teinte métallique. Ce qui, pour Wlic'k qui ne connaissait que trop le processus mutant un individu normal en homme d'argent, était caractéristique et sans ambages.

Tous deux étaient condamnés.

On ne cessait de se répéter que seul, jusqu'à présent, le pauvre Tra'z était mort au cours d'une expérience de captation de la force inconnue et que, depuis leur départ de Xicor, Boww et Kipfl, on s'efforçait de l'espérer, pouvaient fort bien survivre.

Dalibert, originaire de la Terre, réalisait assez mal, mais le Xicorien Loob assurait ne pas se faire d'illusions. Ils finiraient tous deux métamorphosés en statues d'argent, voilà tout !

Le voyage se poursuivit ainsi pendant un temps qui finissait par paraître interminable. La carence d'aura-hélium commençait à angoisser sérieusement le commandant Wlic'l. Féréol, de son côté, avait de plus en plus de peine à maintenir l'ordre général. Ces hommes, frustes, souvent brutaux, aventuriers de tout poil qui constituaient l'humaine cargaison, commençaient à oublier qu'ils devaient leur salut à une poignée d'individus déterminés. Les passions grossières remontaient à la surface. Ils s'empoignaient pour peu de chose. Les pugilats redevinrent fréquents en dépit des efforts de Féréol.

Il y eut plusieurs blessés. Un mort.

L'atmosphère devenait lourde. Il fallait se rationner quant à la nourriture. L'eau était parcimonieusement distribuée. Le vin manquait totalement ainsi que les boissons fermentées des divers mondes. Et naturellement, pas de femmes !

Roxa avouait qu'elle se sentait parfois mal à l'aise en dépit de sa popularité, quand glissaient sur elle certains regards lourds, dénués d'équivoque, et le petit prince tremblait fréquemment pour son amie.

Féréol avouait son anxiété. Wlic'k avait fait confiance à deux hommes en ce qui concernait la conduite du navire spatial. Li-Sang, un Sino-Terrien, lequel avait fait quelques études dans un centre astro-spatial avant de se lancer à l'aventure et de croire aux balivernes des Phoars, et Znam, originaire du Centaure, ex-pilote d'astronef, ayant sans doute plus bourlingué sur les vaisseaux pirates que dans les flottes régulières, mais qui avait fait preuve de compétence.

Ces deux hommes ne ménageaient pas leur temps ni leur fatigue. Ils n'étaient entourés pour la manœuvre de la machinerie et l'astronavigation que par quelques auxiliaires chez lesquels la bonne volonté évidente ne masquait pas la carence technique. Ce furent eux qui alertèrent Wlic'k. Lequel s'entrouvrit à Féréol.

D'un commun accord, ils décidèrent de ne rien dire, du moins provisoirement à Roxa et à D'Tmir, pour laisser les jeunes gens savourer en paix jusqu'au bout les délices de leur mutuelle présence. Il serait toujours assez tôt pour les alerter, leur dire la vérité sur le sort du « Grand Soleil ».

On disait que, malgré tout, malgré la faiblesse d'allure du vaisseau, on se rapprochait de Xicor, ce qui était vrai. Mais on se gardait bien de documenter les passagers sur l'épuisement du carburant gazéifié, indispensable à la propulsion, puisqu'il servait d'alimentation énergétique aux réacteurs.

Bien entendu, Féréol et Wlic'k redoutaient le moment où le navire stopperait par la force des choses, deviendrait tout juste une épave spatiale, errant à travers les espaces infinis. Les sidéro-communications étant lettre morte depuis l'incendie, aucun espoir n'était possible quant à l'envoi d'un S.O.S. cosmique.

Féréol appréhendait les réactions de ces hommes dont il avait en quelque sorte la charge morale. Quelles seraient ces réactions, désespérées, folles, quand ils reconnaîtraient qu'il n'y avait plus d'issue à l'aventure ?

Et puis ce fut Li-Sang qui vint prévenir Wlic'k.

Les dernières molécules d'aura-hélium se diluaient dans les réacteurs. Et lesdits réacteurs arrêtaient de vibrer.

Et l'astronef « Grand Soleil » cessa de se propulser.

Il n'était plus qu'une immense carcasse ravagée, emmenant presque deux cents êtres humains. Au bout de toutes leurs réserves vitales.

En plein espace.

CHAPITRE XII

Znam le Centaurien restait debout, le visage crispé, devant les réacteurs inutiles.

Solide technicien, il avait fait des prodiges depuis qu'on avait tout mis en œuvre pour faire repartir l'astronef sinistré. Wlic'k, D'Tmir et Féréol gardaient pour lui la plus haute estime. En quelque sorte, il avait été la cheville ouvrière du salut car, l'équipe des Phoars étant à peu près détruite, il n'existait plus à bord un individu susceptible de se pencher sur ce délicat travail qu'est la conduite d'une centrale de vaisseau spatial.

Les cosmatelots de Xicor avaient péri, eux aussi. Parmi eux, ceux qui avaient servi sous les ordres de Wlic'k.

Et maintenant, Znam lui-même ne pouvait plus rien. Les appareils avaient jusque-là fonctionné tant bien que mal mais les réserves étant au plus bas niveau, les réacteurs étaient morts.

Le petit prince, Roxa et leurs deux amis qui leur avaient avoué la vérité avaient gagné la chambre de la machinerie, conduits par Li-Sang.

Leurs propos étaient mornes, leurs mines consternées. Le « Grand Soleil » flottait, si on peut s'exprimer ainsi, vaste carcasse désemparée, tantôt quasi immobile, tantôt soumise aux fluctuations toujours possibles dans les mystérieux courants spatiaux dont nul ne sait jamais quelle est leur nature, d'où ils viennent ni où ils vont.

Le silence régnait à bord. Du moins en ce qui concernait le côté mécanique. Le ronron incessant et familier qui berçait équipage de fortune et passagers venait de cesser. On n'y prend pas garde tant qu'il se manifeste mais son arrêt est caractéristique et engendre de singulières inquiétudes.

— Les hommes vont s'en rendre compte, murmura Féréol. Ils vont nous demander des explications. Nous aurons fort à faire pour les apaiser...

En dépit de son cran et de son flegme habituels, il paraissait très inquiet. Il est vrai qu'il semblait connaître les hommes mieux que personne et savait ce qu'on peut attendre et redouter d'un groupe d'individus frustes qui se trouvent soudain en détresse.

D'Tmir ne savait plus que dire, que faire. Roxa, silencieuse, s'appuyait contre lui de cette façon qu'ont les femmes de paraître chercher un soutien alors que ce sont elles qui, par leur présence, leur douce approche, savent si bien compenser la faiblesse du mâle.

Wlic'k, lui, qui était avant tout un spécialiste de l'astronavigation, en venait rapidement aux choses pratiques.

138

— Znam... le circuit de secours... Il existe, nous l'avons testé...

— Il serait effectivement en état de marche, Commandant. Les motrices normalement fonctionnent sous l'impulsion de l'aura-hélium. Mais l'aura-hélium est épuisé. Les containers stockés ont été endommagés pendant l'incendie et le gaz s'est échappé. Or le circuit de secours pourrait nous dépanner si... si nous lui fournissions l'énergie nécessaire. Force électrique, électromagnétique ou autre ! Et il n'en existe aucune source à bord, j'en suis convaincu...

De nouveau, les six personnages qui occupaient la machinerie retombèrent dans un mutisme plus que mélancolique. Chacun supputait à part lui, n'osant élever la voix pour exprimer ce que chacun pouvait conclure, les conséquences évidemment funestes d'un tel état de fait.

Et, dans ce silence, ce fut Roxa qui leva soudain la tête :

— Écoutez !...

— Ce bruit... Des voix...

— Les hommes ! Les mercenaires !

— Par le vent du Cosmos, gronda Wlic'k, pas besoin de demander ce dont il s'agit... Ils ont constaté l'arrêt des machines... Et il n'est pas sorcier de voir par le premier hublot que le « Grand Soleil » est en plein vide... aucune planète à l'horizon céleste... C'est la panne et... Ils le savent !

Ils échangeaient des regards chargés d'angoisse. Certes, ils pouvaient être inquiets sur leur propre sort mais, spontanément, tous pensaient à ce groupe humain dont ils avaient en quelque sorte la responsabilité morale. Ils avaient décidé de les sauver après les avoir arrachés à l'esclavage sous le joug des Phoars, sans préjudice du redoutable sort qu'on leur réservait en tentant de faire d'eux des hommes d'argent. Et maintenant qu'allait-il se passer ? Comment serait-il possible de les convaincre, de les maintenir ? Puisque le « Grand Soleil » coupé du monde par défaut de sidéroradio ne pouvait même pas espérer du secours.

Restait la possibilité — plus que vague — de la recherche par les Phoars, intrigués par le silence de leur navire parti collecter la force inconnue. Mais c'était une possibilité si ténue que mieux valait n'en pas parler.

Des cosmocanots ? Des navettes de l'espace ? Il en existait à l'origine à bord, comme sur tous les grands astronefs de transport. Mais ces embarcations de secours, prévues pour les explorations planétaires et éventuellement les évacuations en cas de sinistres avaient été elles aussi victimes de l'incendie.

D'Tmir soupira. Il sentit la pression douce et ferme du bras de Roxa et lui sourit mélancoliquement. Wlic'k regardait les amoureux avec tristesse. Son affection pour eux était grande et il se disait que, malgré ses efforts, il ne parviendrait sans doute pas à les sauver.

Féréol se taisait. L'homme aux yeux verts semblait plongé dans une profonde méditation. D'Tmir se demandait si le Terrien qui avait donné jusque-là d'étranges preuves de sa personnalité, n'allait pas trouver une solution.

On percevait un grondement sourd, croissant d'intensité, et il n'était pas malaisé d'identifier les multiples voix des passagers de l'astronef qui commençaient à s'énerver et devaient déjà s'être mis à la recherche de ceux qu'ils considéraient comme leurs chefs et, à l'instar de toute communauté humaine, attendaient tout d'eux, quitte à se révolter et à les agresser avec virulence en cas de situation désespérée.

Wlic'k et Féréol, experts en psychologie, savaient que dans pareille conjoncture ils seraient tenus pour responsables de cet « échouement spatial ». Avec tout ce que cela laisserait augurer.

Znam envoya soudain un coup de pied rageur dans une dynamo, ou ce qui avait été une dynamo. Elle était intacte mais nul fluide ne pouvait l'alimenter.

Et cependant son fonctionnement eût peut-être suffi à emmener encore l'astronef, quoiqu'à faible allure, jusqu'à Xicor.

— Ne vous énervez pas, Znam, dit doucement Féréol. Qui sait si...

Le tumulte qui leur parvenait prit soudain une intensité aiguë. Ils écoutaient, ils tendaient l'oreille. Avant peu la horde des passagers en colère allait déferler. Que leur dire ? La vérité, si terrible fût-elle.

Et alors, qu'allait-il se passer ?

Féréol, brusquement, releva la tête :

— J'y vais, dit-il. Je vais leur parler !

— Nous vous suivrons, s'empressa de dire D'Tmir.

— Si vous voulez, mais laissez-moi faire !

L'homme aux yeux verts partit d'un pas décidé. Il se dirigea directement vers ce qui avait été le département des mercenaires. Ce vaste espace n'avait été que relativement atteint par les flammes et c'était là désormais que s'entassaient les rescapés de l'aventure. Présentement, des groupes s'y formaient. Certains énergumènes vociféraient et transformaient le compartiment en une sorte de meeting anarchique où les propos les plus véhéments s'entachaient de stupidité.

L'apparition de Féréol provoqua un certain mouvement. Les orateurs improvisés se turent et tous les regards se tournèrent vers le Terrien. Malgré tout, il continuait à bénéficier de la confiance d'une grande partie de ces hommes qui, tous ou presque, avaient pu apprécier ses qualités humaines.

D'Tmir lui avait emboîté le pas, accompagné naturellement de Roxa et ce n'était pas Wlic'k qui aurait voulu demeurer en arrière. Les deux techniciens, cependant, restaient, eux, dans la machinerie.

— J'ai à vous parler sérieusement, dit Féréol en grimpant sur une table.

Il y eut un silence. Calmement, il parla.

Il dit l'épuisement du carburant. Il dit la situation telle qu'elle était. Il avança plusieurs hypothèses. Demander du secours était impossible faute de sidéroradio. D'ailleurs, les deux mondes relativement proches, Xicor et Glo, demeuraient les seuls à pouvoir éventuellement entendre un appel. Or Xicor était désormais privée de flotte spatiale. Quant à Glo...

— Voudriez-vous qu'on les suppliât de venir nous secourir ? Ce ne serait que pour retomber dans leurs filets de glace... et redevenir leurs esclaves en attendant d'être changés en hommes d'argent !

Il y eut une rumeur. Naturellement on ne pouvait que trouver parfaitement juste un pareil raisonnement.

— L'homme espère toujours, reprit le Terrien. Nous ne sommes pas perdus. Il y a toujours une possibilité... Vous avez tous travaillé à remettre le « Grand Soleil » en état relatif et nous sommes repartis. Maintenant je demande à tous ceux qui ont des connaissances, si minimes soient-elles, en mécanique, en électronique, en cybernétique, en techniques annexes, de se faire connaître... Nous nous réunirons et, ensemble, nous chercherons des solutions pratiques...

Il parlait avec une telle sûreté qu'il impressionnait l'assistance. Le petit prince, qui affectionnait Féréol, le regardait, l'écoutait, la bouche légèrement entrouverte, tant il admirait cette maîtrise de soi. Roxa ne disait rien mais une flamme brillait dans ses yeux d'émeraude. On n'aurait pu dire s'il s'agissait chez elle d'admiration ou peut-être d'une certaine ironie, car la jeune femme était incontestablement moins naïve que son amant.

Wlic'k, lui, plus profond, plus psychologue, savait bien ce que cela signifiait. Féréol n'était nullement convaincu. Il cherchait seulement à gagner du temps car, de toute évidence, on ne propulse pas une machine sans carburant, sans élément moteur. Non! Le Terrien ne souhaitait qu'un apaisement provisoire. Ensuite? Eh bien, il semblait que, pour la suite, Féréol s'en remît à ce destin qui pour ceux qui ont conscience de l'éternel, n'est que la volonté de la Providence.

Cependant, quelques-uns, parmi cette foule d'aventuriers, n'étaient pas encore convaincus.

Quelqu'un cria :

— Et après, Féréol? Et après?

— Avant de songer à « après », dit tranquillement l'homme aux yeux verts, songeons à « maintenant ». C'est pour ce « maintenant » que j'ai besoin de bonnes volontés et surtout de capacités... Qui peut nous aider?

Quelques volontaires se présentèrent. Interrogés, il s'avéra qu'ils ne seraient pas d'une grande utilité. Leurs connaissances demeuraient rudimentaires et ne s'élevaient pas au-dessus du niveau du petit mécanicien, de l'électricien moyen. Tous, plus prompts à se lancer dans la bagarre, l'imprévu, hors des contraintes qui sont nécessaires à une société organisée et paisible, avaient quelque peu négligé leur éducation professionnelle, sinon en ce qui concernait le maniement des armes, le close-combat et d'une façon générale tous les exutoires de la violence.

Des commentaires fusaient. Des groupes se reformaient. Féréol gardait la face mais il était très inquiet. Il entendit :

— Féréol veut nous endormir ! (ce qui était la stricte vérité).

Wlic'k et D'Tmir échangèrent un coup d'œil inquiet. Comment tout cela allait-il tourner ?

Ils voyaient venir le moment redouté où les esclaves affranchis allaient reprocher à leurs sauveurs de les avoir entraînés dans une situation sans issue. C'est alors qu'un certain tumulte se produisit vers la porte principale du vaste compartiment. Des cris de stupeur, des exclamations angoissées se mêlaient. Et la foule des mercenaires s'écartait brusquement comme devant quelque chose d'impressionnant, d'effrayant.

Féréol, toujours debout sur son perchoir, vit presque aussitôt ce qui se passait.

Deux hommes, deux qu'on n'attendait pas, venaient de pénétrer dans la vaste salle et tous les autres s'écartaient à leur approche comme s'il s'agissait de véritables pestiférés.

Ils marchaient, très droit, d'une allure très sûre. Ils semblaient indifférents à cette répulsion universelle provoquée par leur intervention. Féréol les regarda venir jusqu'à lui. Le petit prince, Roxa et Wlic'k, près de la table qui supportait Féréol, demeuraient immobiles, comme fascinés.

Ceux qui avançaient ainsi étaient Loob et Dalibert. Le Xicorien et le Terrien rescapés de

144

l'aventure sur le planétoïde, mais contaminés par la force inconnue. Les deux survivants voués à la transformation en piles vivantes.

Deux hommes d'argent.

Ce fut Dalibert qui parla, en ce code spalax que tous baragouinaient plus ou moins d'une planète en l'autre, et, de toute façon, comprenaient assez clairement à travers le Cosmos :

— Écoutez tous ! cria-t-il. Nous devinons ce qui se passe, encore que personne ne nous l'ait dit. Le silence des motrices est éloquent. Il n'y a plus de carburant à bord et le vaisseau est en perdition !

On les regardait. On constatait que leurs visages et leurs mains, seules parties visibles de leurs corps, offraient un aspect inquiétant avec un ton généralement d'un gris plombé où étincelaient d'insolites points brillants.

Dalibert poursuivait :

— Nous savons ce que nous sommes devenus, Loob et moi. Des hommes d'argent. Des dynamos vivantes ! Des centrales humaines ! Et que la mort nous attend à plus ou moins brève échéance... Écoutez ! Écoutez ! Nous ne voulons pas mourir pour rien ! Nous savons que le « Grand Soleil » n'a plus d'énergie pour repartir jusqu'à Xicor. Eh bien, nous, nous sommes là !...

Il y eut un instant de stupeur. Loob, qui n'avait rien dit, arracha soudain le haut de sa combinaison. Le torse apparut.

D'Tmir, comme ses compagnons, eut froid au cœur. Il voyait, il revoyait, ce qui lui avait été offert dans le laboratoire de Xicor. Un humain muté, un organisme déjà très métamorphosé. Loob atteignait à peu près le stade qui était celui des trois cosmatelots de la première expédition.

Dalibert, lui, avait échancré largement sa chemise, offrant sa poitrine aux regards. Et on

145

pouvait y constater les mêmes symptômes cliniques que sur le torse du Xicorien.

Alors une clameur monta. Une immense acclamation. Tous se crurent instantanément sauvés. Tous pensèrent que les deux hommes d'argent allaient offrir à la communauté le potentiel de force inconnue emmagasiné dans leurs organismes et que cela allait suffire pour relancer la bonne marche de l'astronef.

On entourait les deux héros, mais à distance, chacun sachant pertinemment quelle contagion était possible. On les félicitait (à proximité prudente), on les applaudissait (sans leur serrer les mains ni les étreindre). Et tous deux, conscients de leur sacrifice, convaincus de la condamnation inéluctable qui pesait sur eux, accueillaient ces démonstrations avec une sérénité qui ne masquait sans doute qu'un grand désespoir.

Féréol les remercia et les félicita publiquement. Mais, comme il sautait de la table qui lui avait servi de piédestal, il entendit Wlic'k qui lui soufflait :

— Très joli, tout ça ! En principe du moins ! Car il va falloir la capter, cette énergie dont ces deux admirables garçons sont catalyseurs... Et sur le plan technique et pratique, ça ne sera pas commode ! Le cas n'a pas été prévu, du moins à bord. Nous ne sommes pas à Xicor dans nos laboratoires !

— Chut ! dit Féréol. Emmenons-les à la machinerie. Je veux interroger Znam. Il connaît la question... Il trouvera peut-être une solution !

D'Tmir regardait les deux hommes d'argent avec admiration. Et le petit prince, toujours sentimental, avait les yeux embués. Loob et Dalibert, tenus à distance par la foule, suivirent

Féréol et Wlic'k. D'Tmir et Roxa fermèrent la marche.

Du moins la horde était-elle calmée provisoirement. Dans ces esprits simplistes, la situation était déjà sauvée. Ils n'imaginaient pas les problèmes inévitables qui allaient suivre. Féréol ne se les dissimulait pas.

Mais il se disait qu'après tout, il avait frôlé la catastrophe et que, une fois de plus, tout changeait d'aspect au suprême moment.

CHAPITRE XIII

Il avait très mauvais caractère, ce n'était un secret pour personne. Mais l'expérience avait prouvé qu'il n'avait pas son pareil en tant que mécanicien d'astronef. Les subtils appareils, si délicats et si puissants à la fois, ne possédaient pas meilleur ami. Toutefois, le Centaurien Znam constatait avec amertume que, s'il avait hautement participé à la remise en état de la machinerie du « Grand Soleil », ses efforts étaient maintenant lettre morte, le précieux aura-hélium, en grande partie épuisé au départ, s'était finalement volatilisé pendant cette longue randonnée spatiale.

Aussi, avec l'orgueil, la satisfaction profonde du bon ouvrier qui retrouve les moyens nécessaires à remettre l'ouvrage en bonne marche, reçut-il avec une cordialité rare chez lui l'annonce que les deux hommes d'argent allaient se mettre à sa disposition.

Féréol et ses compagnons pouvaient croire que, pour un bon moment, mais un moment seulement, la horde des mercenaires et des esclaves libérés se tiendrait tranquille, attendant le nouveau départ de cette épave qu'était devenu leur navire. Et Loob et Dalibert, très dignes, les avaient accompagnés jusqu'à la machinerie.

Dalibert se livra à une étrange démonstration. En faisant heurter ses paumes l'une contre l'autre d'une certaine façon, il provoquait des étincelles. Phémonène qui les frappa les uns et les autres. Il n'y avait guère d'erreur possible : les deux victimes des nuées noirâtres du planétoïde étaient en parfait état — si l'on pouvait dire — pour servir de carburant vivant.

Restait le plus délicat : capter et utiliser cet extraordinaire potentiel énergétique. Et, ainsi que l'avait prévu Wlic'k, il y avait loin du principe à la réalisation.

On discuta. En fait, ils étaient tous remplis de bonne volonté. Li-Sang connaissait fort bien l'astronavigation, comme Znam la mécanique astronautique. Wlic'k n'avait pas son égal pour mener un vaisseau spatial d'une constellation à l'autre. Mais, ce qui manquait, c'était un ingénieur.

Ce fut finalement Znam qui eut une idée :

— Les androïdes !...

Cela lui était venu comme un trait de lumière. Et quand on s'étonna, quand on lui demanda de précipiter sa pensée, cet homme, psychologiquement simple mais technicien de valeur et de haute conscience professionnelle, s'expliqua du mieux qu'il le put.

Pendant le combat qui avait abouti à la défaite des Phoars, ces derniers avaient naturellement mis en avant leurs terribles robots. Et les ravages, parmi les rangs des révoltés, avaient été grands. Plus d'un mercenaire, plus d'un esclave, avait été broyé, déchiqueté, étranglé, décapité, par ces machines qui caricaturaient l'humain. Mais, on le sait, le nombre avait prévalu. Peut-être d'ailleurs les Phoars avaient-ils commis l'erreur de trop compter sur leurs simili-hommes d'action, ce qui avait profité à l'adversaire.

Après leur victoire, les insurgés eussent massacré tous les captifs sans les efforts de D'Tmir, de Wlic'k et de Féréol. Du moins les avait-on laissés se défouler en détruisant allègrement ces merveilleuses mécaniques ce qui, avouait Féréol, lui semblait malgré tout dommage. Mais il préférait cela à la mise à mort des hommes de Glo, lesquels après tout n'avaient fait que jouer leur jeu.

Znam pensait aux androïdes :

— Leurs circuits sont formidables, disait-il. Je les ai examinés, quand on les a démolis. On pourrait les utiliser...

— Mais, objecta D'Tmir, ils sont détruits. Ce n'est qu'un amas de ferraille.

— Oui, Prince. Mais nous les avons encore à bord !

— Que comptes-tu faire, Znam ?

— Essayer de récupérer quelques éléments de ce circuit qui correspond au tracé du système nerveux humain...

Li-Sang intervint :

— Idée sage, Znam. Tu suggères de brancher ces circuits reconstitués sur nos amis Loob et Dalibert, pour obtenir un substrat qui établirait un truchement entre l'homme et la dynamo ?

— Tu m'as parfaitement compris !

D'Tmir, Roxa, Wlic'k et Féréol ne pouvaient qu'approuver. Mais, encore une fois, on demeurait dans le théorique. Restait à appliquer le pratique.

On ne perdit pas de temps et le petit groupe se transporta vers les cales du navire spatial. Là, en effet, stagnait en amas ce qui avait été un magnifique commando de robots. Issus non de la technique propre aux Phoars, mais importés depuis plusieurs planètes plus évoluées.

C'était pitié de voir ce travail admirable ainsi réduit en un magma immonde. Mais, après tout, Znam avait peut-être raison et tous se mirent à l'ouvrage pour sélectionner ce qui pouvait encore apparemment être utilisable.

Là encore, le Centaurien s'avéra irremplaçable. Il détectait du premier coup d'œil les pièces valables qu'on lui présentait, ses compagnons n'ayant pas et de loin sa compétence et son expérience. Ce petit travail ne fut pas inutile car, après plusieurs heures, ce qui constituait pratiquement l'état-major du « Grand Soleil » mis sous la coupe de Xicor amena précieusement son butin dans la machinerie.

Il fallut encore faire patienter les passagers. Féréol s'en chargea et leur fit un grand discours destiné à leur rendre l'espoir. Il leur remontra que tout ne se faisait pas d'un coup de baguette magique mais qu'actuellement, un authentique et précieux technicien tel que Znam et aussi un subtil spécialiste qui n'était autre que Li-Sang étaient en train de mettre au point le circuit nécessaire à la captation de l'énergie motrice représentée par les hommes d'argent.

Et c'était vrai ! Li-Sang était bientôt entré en lice.

Fils de la vieille Chine de la Terre, il avait longuement étudié l'acuponcture, le corps humain, le miraculeux réseau nerveux qui anime les représentants de la race humanoïde.

Il collabora étroitement avec Znam à partir de ce moment. Le Centaurien, avec une patience exemplaire contrastant avec ses habituelles sautes d'humeur, travaillait méticuleusement sur ce qu'il avait pu récupérer des cadavres métalliques des androïdes. Petit à petit il avait reconstitué un circuit, à peu près parfait, de quoi, croyait-il, transmettre à la dynamo qu'il ne vitupérait plus l'énergie nécessaire. La dynamo, par la suite, devant communiquer ses pulsions à la machinerie proprement dite, aux réacteurs activant l'astronef.

Li-Sang, lui, s'évertuait à établir le contact entre l'homme (l'homme d'argent chargé du potentiel électromagnétique qu'était la force inconnue désormais logée dans ses cellules) et la réalisation pragmatique, mais qu'on espérait viable, sortant des mains de Znam.

Pendant tout ce temps, Dalibert et Loob étaient demeurés égaux à eux-mêmes, discrets, apparemment impassibles. Naturellement on pouvait converser avec eux mais toujours en évitant le contact. D'Tmir, qui éprouvait à leur endroit une vive sympathie, ne pouvait s'interdire également une profonde compassion. Il avait l'impression, alors que tous deux avaient demandé à assister aux travaux préparatoires, qu'il s'agissait de deux condamnés regardant les prémices du supplice qu'on allait leur infliger.

Parfois, il se consolait dans le regard tendre de Roxa, ou par une bourrade amicale de son ami Wlic'k. Ou bien c'était Féréol qui lui pressait la main. Et il éprouvait alors un singulier effet. L'homme aux yeux verts ne le visitait plus en esprit (car c'était lui, lui bien sûr son mystérieux correspondant psychique) mais il continuait à engendrer un climat particulier que D'Tmir estimait profondément bénéfique. Toutefois, par un curieux sentiment de pudeur, il n'avait jamais osé s'en ouvrir avec lui. Mieux, il n'avait parlé de cela, ni à Roxa, ni à Wlic'k. Il avait l'impression que Féréol lui demandait secrètement de garder le silence, de conserver par devers eux, et eux deux seulement, le mystère de cet échange hors du commun.

Les hommes d'argent, eux, paraissaient moins perturbés que le sensible petit prince. Voués à une mort qu'ils croyaient inévitable, ils avaient offert ce qu'ils possédaient encore : la force inconnue à partir de leurs organismes condamnés.

Vint le moment où Znam et Li-Sang purent croire avoir mis leur système au point. D'Tmir et ses compagnons frémirent de joie. Mais aussi avec un peu d'anxiété.

Cette réalisation de fortune, il fallait bien l'avouer, allait-elle se montrer efficace ? En un mot : est-ce que cela allait marcher ?

Loob et Dalibert, posément, se mirent à la disposition des deux officiants. Ils se dévêtirent totalement et le petit prince, et Roxa, et Féréol, et Wlic'k constatèrent non sans un certain serrement de cœur que le mal progressait à une allure galopante. Ce n'étaient plus vraiment deux hommes nus qu'ils avaient devant eux, mais de véritables statues argentifères. Épidermes au ton de métal vieilli avec de multiples points brillants, comme cela s'était produit avec les trois cosmatelots ramenés sur Xicor. Et cependant, on le savait, ils continuaient à vivre physiologiquement de façon normale.

Znam surveillait ses appareils. Li-Sang se chargea alors de la mise en place du système devant procéder à la captation énergétique.

D'Tmir et Roxa, ainsi que Wlic'k, admirèrent.

Le Terrien retrouvait spontanément ce qu'a-vaient déjà réalisé les savants xicoriens.

C'était lui qui, sur les corps nus, appliquait délicatement les électrodes destinées à toucher les points délicats où, estimait-il, devaient se localiser plus particulièrement les éléments de la force inconnue.

Une fois encore, l'âme sensible du petit prince souffrit en voyant avec quel stoïcisme les deux patients subissaient la pénétration de ces pointes miniatures. Wlic'k souffrait lui aussi, mais d'une autre manière. Ne lui avait-on pas infligé pareille torture pour engendrer en lui l'atroce sensation de cauchemar ? Maintenant, par bonheur, le but de l'opération était autre-ment louable et, l'espérait-on, bénéfique pour la communauté.

Sur ces épidermes argentés, le sang apparais-sait. Féréol regardait Roxa. Sans doute admi-rait-il le cran, la sérénité de cette jeune femme qui ne manifestait aucune faiblesse devant un spectacle aussi émouvant, voire déplaisant, alors que le charmant petit prince partageait ouverte-ment la douleur que subissaient les deux coura-geux garçons.

Ces derniers n'avaient pas bronché tandis que Li-Sang, avec subtilité et délicatesse, s'était livré à ce travail à la fois efficace et douloureux. D'Tmir l'avait regardé disposer adroitement les méchantes petites aiguilles aux tempes, au cou, sous les aisselles, à la saignée des coudes, dans le pli tendre de l'aine, partout où les nerfs lui semblaient les plus aptes à établir le courant entre l'organisme proprement dit et cette sorte de transformateur fabriqué par Znam avec les résidus des androïdes massacrés.

Quand ce fut terminé, sous l'éclairage d'ail-leurs assez médiocre obtenu à bord grâce à un circuit électrique alimenté par des batteries qui commençaient elles aussi à faiblir sérieusement, les deux hommes d'argent offraient un aspect véritablement insolite.

Ils apparaissaient dans une sorte de toile d'araignée formée par les innombrables fils que Li-Sang avait enrobés autour de leurs corps pour parvenir à river les électrodes dans les chairs au voisinage des zones nerveuses. Ils transpiraient abondamment. Les gouttelettes de sang se mêlaient aux gouttes de sueur et la lumière jouait sur tout cela, éveillant sur fond d'argent des rubis tragiques et des perles inquiétantes. Et les parcelles brillantes qui piquetaient l'épiderme y ajoutaient de bien curieux diamants.

D'Tmir se souvenait surtout des expériences du laboratoire de Xicor. Wlic'k ne pouvait oublier la torture dont il avait été l'objet.

Féréol suivait tout cela avec un intérêt évident, gardant tout son calme. Calme également était Roxa, décidément très maîtresse d'elle-même en dépit de son jeune âge. Mais Znam et Li-Sang, eux, demeuraient avant tout soucieux de la réussite de l'opération.

Priés de frapper leurs mains l'une contre l'autre, pour vérification, les deux patients firent de nouveau jaillir des étincelles. C'était spectaculaire, et n'avait pas été observé sur les premiers cosmonautes pollués, ce qui semblait indiquer un degré différent de sursaturation de la force inconnue. Znam déclara d'une voix sèche que le moment était venu.

Tous étaient maintenant immobiles, même Li-Sang. Seul le Centaurien allait et venait devant ses commandes.

Une pensée dominait : Loob et Dalibert subiraient-ils le sort du pauvre cosmatelot Tra'z, première victime des nuées noires ?

Le transfo commença à ronronner, et l'intensité du vrombissement ne tarda pas à augmenter. Les hommes d'argent, interrogés, assurèrent qu'ils ne ressentaient rien de particulier. En fait, ils demeuraient égaux à eux-mêmes en dépit de la vision fantastique et assez déplaisante qu'ils offraient, personnages apparemment hors nature mais, on le savait, encore profondément humains et vulnérables.

On attendit quelques instants. Puis des vibrations caractéristiques se manifestèrent et, au moins parmi les assistants, ce fut la détente.

On l'avait espéré : « Ça marchait ! »

La dynamo ne tarda pas à sortir de son inertie. Le grondement qui montait leur paraissait la plus délicieuse des musiques. Tout l'appareillage d'ensemble se réveillait.

Li-Sang avait profité de cette source énergétique pour tenter d'alimenter parallèlement le circuit électrique. Et la lumière augmentant d'intensité, on put estimer tout de suite que c'était bel et bien à partir des organismes torturés des hommes d'argent que provenait l'augmentation bénéfique du fluide. Et, presque aussitôt, les réacteurs commencèrent eux aussi à répondre.

Alors, minutieusement, sous les yeux émerveillés du petit prince et de ses compagnons, Znam et Li-Sang réglèrent, mesurèrent, dosèrent savamment les fréquences obtenues à partir de cette source qui n'avait pas son égal à travers la Galaxie. Le transfo marchait magnifiquement et la double pile vivante lui communiquait une vitalité qui semblait ne plus devoir jamais finir. Il ne fallait cependant pas s'illusionner et D'Tmir, Roxa et Wlic'k gardaient en pensée ce qui s'était passé à Xicor, quand l'intensité fluidique avait été augmentée, ce qui avait coûté la vie à Tra'z, le premier homme d'argent sacrifié.

Mais, alors que la clarté montait, montait sérieusement à bord et que la foule des mercenaires pouvait constater ce spectaculaire résultat, le bruit grandissant naissant de la machinerie affirmait le triomphe de l'expérience.

Grâce au dévouement sublime de deux hommes, véritables victimes propitiatoires de la science, l'astronef « Grand Soleil » sortait de sa passivité. Ce n'était déjà plus une épave, mais un astronef, en assez mauvais état bien sûr, mais tout de même un vaisseau spatial capable de se translater à travers l'immensité cosmique.

Un torrent de joie brutale déferla à bord et le tumulte fut grand. On entendait rire, crier, chanter. Naturellement il y eut aussi quelques rixes, quelques violences, quelques folies. Cette fois, Féréol pensa sagement qu'il valait mieux les laisser faire. Conscients qu'ils repartaient, inconscients des suites possibles de l'aventure, ces hommes grossiers se tiendraient de nouveau tranquilles, la joyeuse fureur apaisée. Jusqu'à nouvel avis, car malgré tout on pouvait se demander combien de temps cela pourrait durer, si le potentiel émanant des deux dynamiseurs vivants était vraiment inépuisable, ce qui restait douteux.

Le « Grand Soleil » naviguait. Li-Sang, en symbiose avec Wlic'k, le dirigeait vers Xicor. On pouvait espérer joindre la planète-patrie de D'Tmir dans un délai relativement bref, équivalant à quelques jours de ce monde.

Tout se passait bien. Loob et Dalibert assuraient leur étrange service tout en affirmant ne pas souffrir. On les entourait de soins, toujours avec un maximum de précautions. Roxa et les

158

autres s'évertuaient à leur rendre l'existence aussi agréable que possible, ce qui était d'ailleurs malaisé.

D'Tmir recommençait à espérer. Il avait hâte de revoir Xicor et souvent, le front au hublot, il tentait de discerner, à travers les constellations, le disque représentant Xicor. Mais Wlic'k le rabrouait. On était encore loin et sa patrie restait invisible pour un bon moment.

Roxa allait et venait, souriait aux mercenaires. Féréol se disait satisfait du semblant de discipline régnant. Mais D'Tmir, dans son sommeil, crut soudain entendre une voix qui l'appelait.

Son visiteur du temps où il était esclave, sans doute. Et cette fois il ne douta plus que ce ne fût Féréol, qui décidément voulait garder secrets leurs échanges mentaux.

... tout n'est pas dit... la trahison... as-tu oublié la trahison ? ... Tu as été trahi... Et à Xicor, que se passe-t-il ? ... Tiens-toi sur tes gardes, D'Tmir. ... Il faut encore te préparer à combattre...

Féréol ?

Quand ils se revirent un peu plus tard, il l'interrogea du regard. Mais l'homme aux yeux verts se détourna, non sans que le petit prince ait cru distinguer un léger sourire sur les lèvres du Terrien.

Et le « Grand Soleil » continua sa course.

On se rapprocha sérieusement de Xicor.

D'Tmir espérait et s'interrogeait à la fois. Les hommes d'argent, contrairement à ce qu'on avait pu craindre, ne flanchaient pas. L'euphorie régnait parmi les passagers, ce qui était l'essentiel.

Enfin, le petit prince de Xicor, appelé par Wlic'k qui lui montra un viseur panoramique, y appliqua son œil et sentit son cœur bondir dans sa poitrine.

Xicor ! ... Une main de temps et on serait à Xicor...

Mais qu'allait-on y trouver ?

TROISIÈME PARTIE

LE LABORATOIRE
DU DOCTEUR LOXX

CHAPITRE XIV

L'actovol filait au-dessus de la cité de Xicor.
L'appareil fonctionnant grâce à l'utilisation
des courants, ce super-planeur inventé par un
savant local, demeurait à peu près le seul mode
pratique de locomotion, cela sans préjudice de
quelques engins animés par piles. Mais les piles,
comme le reste, s'épuisaient rapidement et il
était quasi impossible de procéder à la recharge.

A bord, le Prince Ritiger en compagnie de ses
deux principaux conseillers : Igill et Tugoo. Le
pilote et quatre miliciens.

Ritiger était plus sombre que jamais. Il faut
avouer qu'il avait de bonnes raisons pour cela.
La situation était plus catastrophique que
jamais. Pratiquement on retournait, pour le
chauffage et l'éclairage, à l'état préhistorique de
Xicor. Ce qui relevait du machinisme était à peu
près mort. Mais, triste résultat : famine, chô-

mage, privations de toutes sortes poussaient les Xicoriens à la révolte, pire : à la révolution.

Ritiger voyait avec horreur le spectre annonçant la fin d'un régime qui avait fait ses preuves depuis des siècles. Ensuite que serait-ce ? L'anarchie pendant un temps. Et puis, résultat inconditionnel : la dictature. Avec tout ce que cela supposait. Encore certains estimaient-ils que, sauf intervention extra-planétaire, c'était inéluctablement le retour à l'état sauvage.

Ritiger avait encore d'autres soucis, bien plus cruels. Tout d'abord, ce qui le tenaillait, c'était la disparition de l'astronef commandé par Wlic'k. Aucune nouvelle depuis l'envol. L'expédition qui représentait le dernier espoir du prince de Xicor et de son peuple paraissait s'être volatilisée.

A bord, il y avait D'Tmir. Le petit prince. Le propre fils de Ritiger.

Courageusement, le monarque avait fait preuve de dignité, masquant autant qu'il le pouvait son propre chagrin pour faire face seulement aux déboires de l'état planétaire. Et puis une terrible nouvelle achevait de ruiner ce qu'il pouvait encore nourrir d'espérance.

Les Etats du Sud venaient de se soulever.

Les communications demeurant confuses, tant par des sabotages que par la carence d'énergie, on ne savait trop ce qui se passait là-bas, à des stades et des stades de la cité principale de Xicor. Qu'en était-il du gouverneur Hox, le propre père de Roxa, officiellement fiancée à D'Tmir et future souveraine de Xicor, par voie de logique ? Si Roxa avait disparu avec l'astronef, on n'en savait guère plus sur le sort de Hox. Prisonnier ? Mort ? En fuite ? Ritiger n'avait pu obtenir aucun renseignement probant.

Toujours était-il qu'il était avéré que ceux du

Sud contestaient maintenant le pouvoir central et envisageaient d'envoyer une expédition contre la capitale de Xicor. Comment ? En principe, ils ne devaient pas disposer de plus de moyens que Ritiger lui-même.

Et comme les bruits vont vite, dans tous les mondes, on ne sait trop comment et même quand on affirme que tout duplex est rompu, on parlait à présent d'un fait nouveau, encore plus inquiétant si possible que le reste.

Les Phoars, ennemis héréditaires de Xicor, auraient débarqué dans le Sud.

Eux, on le savait, disposaient d'une flotte astronautique. Si la nouvelle était vraie, on estimait qu'ils étaient les responsables de la révolte, ne s'étant pas privés d'apporter des secours aux malheureux Xicoriens de cette contrée, quitte à se les attacher en profitant de leur situation désespérée. Se débarrasser de Hox et de ses fidèles, préparer l'envahissement de la petite planète, cela paraissait bien dans leurs desseins habituels, connus à travers cette zone galactique. Dans ce cas, on pouvait supposer qu'ils avaient monté les gens du Sud contre Ritiger, les armaient, et, préparant l'investissement futur de tout Xicor, les poussaient à attaquer la cité capitale.

Tout cela, on le devine, pesait lourd sur les épaules, sur l'esprit du prince de Xicor. La subtile Igill et l'énergique Tugoo demeuraient aussi fermes que possible. Avec un carré d'amis fidèles, de miliciens dévoués. Mais tout cela ne représentait plus qu'une faible majorité.

Où se rendaient-ils, ces derniers représentants d'un pouvoir branlant ?

Vers une demeure située à l'écart de la ville, au flanc de ces collines qui représentaient les contreforts de la chaîne montagneuse où se réfugiaient déjà un grand nombre de Xicoriens, cherchant le salut dans le retour à la terre, loin d'une cité qui devenait petit à petit inhabitable.

Chose curieuse, cette maison, en permanence gardée par des miliciens armés jusqu'aux dents, semblait une oasis technique miraculeusement préservée de l'écroulement électromécanique général. Forteresse miniature mais solide, elle apparaissait, dans ce crépuscule permanent qui tenait lieu à la fois de jour et de nuit à Xicor aux trois étoiles, avec des fenêtres illuminées.

Ceux qui voyaient cela de loin n'en étaient guère jaloux quant à l'éclairage eu égard à la tendance nyctalopique des Xicoriens, mais pouvaient s'étonner que d'aucuns puissent encore bénéficier d'un apport énergétique, comme cela devait être le cas.

On savait généralement que là demeurait un éminent savant, le docteur Loxx, lequel faisait partie du conseil entourant le prince souverain. Sans doute poursuivait-il ses expériences sous surveillance, et surtout sous protection, les déprédations demeurant toujours possibles en cette époque de troubles. Toutefois on pouvait tout de même s'interroger : comment Loxx disposait-il d'énergie pour alimenter ce laboratoire dont on avait toujours su qu'il était sans doute le mieux installé de tout Xicor ?

Les miliciens rendirent brièvement les honneurs au monarque et à ses adjoints à l'arrivée de l'actovol. Sans s'attarder, Ritiger, Igill et Tugoo pénétrèrent, accueillis par le docteur Loxx.

Celui-ci, un homme d'âge, réputé autant pour sa sagesse que pour sa sapience, offrit au prince un sobre salut. Ritiger, qui l'estimait profondément, lui serra fortement la main. Et tout de suite attaqua :

166

— Alors, mon cher docteur?

— C'est en bonne voie, Excellence. Voulez-vous me suivre?

Igill et Tugoo échangèrent un regard. Un peu d'espoir peut-être brillait dans leurs yeux. Mais n'était-il pas téméraire de chanter victoire?

Ils pénétrèrent dans le laboratoire proprement dit. Là en effet les lumières brillaient et, comme toujours en pareille circonstance, les aides du savant offrirent des lunettes noires aux trois arrivants. Loxx lui-même, et ceux qui l'entouraient, voilaient eux aussi leurs yeux que risquait de blesser l'intensité lumineuse au cours de l'expérience qui se préparait.

— Comment vont-ils? demanda Ritiger avec une pointe d'nquiétude dans la voix.

— Aussi bien que possible. Vous savez, Prince, que j'ai pris un maximum de précautions. Comment oublier le sort de ce pauvre Tra'z...

Une ombre passa sur les assistants. Mais Loxx brisa vite ce silence:

— Je les ménage autant que je le peux. Ils continuent à vivre de façon naturelle. Comment et pourquoi? J'avoue que, jusqu'à présent, le mystère de la force inconnue me dépasse, et risque de dépasser encore longtemps la science de toute la Galaxie. Mais ils vivent, c'est l'essentiel. Des hommes d'argent... Mais des humains apparemment normaux, en dehors de leur aspect métallisé. Et, outre cet aspect, ils demeurent incompréhensiblement de véritables sources d'énergie.

— Ils alimentent toujours vos circuits?

— Toujours. Sans Boww et Kipfl, il me serait impossible d'entretenir ce domaine, de faire fonctionner mes appareils et, surtout de... chercher inlassablement la solution.

La voix du Prince trembla un peu:

— Pensez-vous réussir, docteur Loxx ?

Le vieux maître eut un fantôme de sourire :

— Il serait prématuré de triompher, Excellence. Mais je suis homme et je crois que dans tout le Cosmos, ce qui caractérise l'homme, c'est la faculté d'espérer contre toute désespérance...

De nouveau, ce fut le silence. Loxx guidait ses visiteurs vers une sorte de vaste récipient cubique, placé sur un socle. Un récipient de dépolex empli d'un liquide bleuâtre, légèrement luminescent, ce qui apparaissait en dépit de l'éclairage général.

Ritiger, Igill et Tugoo se penchèrent sur cette sorte de cuve, faite de dépolex transparent. Ils regardaient surtout, le cœur serré, ce qu'il contenait, ce qui trempait dans le liquide.

Une masse informe, d'un beau gris argent, luisant quelque peu et dans laquelle, avec bonne volonté, on pouvait reconnaître une ébauche humaine.

Ce fut la conseillère Igill qui murmura, bouleversée :

— Ce malheureux Tra'z...

— Oui, dit Loxx. Un martyr. Mais un martyr dont les restes sont utiles !

Car, ce que contenait la cuve, c'était ce qui avait été le corps du cosmatelot Tra'z, le premier homme d'argent à avoir péri victime de son extraordinaire mutation.

On voyait cette masse qui avait été la forme d'un humain. La tunique qui le vêtait au moment du drame demeurait agglomérée à ce magma d'aspect métallique.

Pendant un instant, Ritiger, Igill et Tugoo contemplèrent en silence cet affligeant spectacle.

Dans la clarté bleutée du liquide (une solution savamment élaborée chimiquement par Loxx et ses aides) trempaient des électrodes, des tubes, divers autres appareils.

Le Prince demanda :

— Ainsi donc, même après la mort, un homme d'argent peut encore fournir une certaine fréquence énergétique ?

— Nullement, Excellence. Nous avons minutieusement étudié la question. En réalité, je n'utilise plus le pauvre garçon pour alimenter ma centrale. Cela relève du ressort des hommes d'argent encore en vie, que je me permettrai de vous présenter tout à l'heure. Par contre, le corps de Tra'z, bien que privé de vie, présente un intérêt certain. J'ai été amené à penser que rien ne s'opposait moralement ni légalement à ce que je le traite en sujet d'expérimentation. Or, il apparaît que diverses réactions laissent croire qu'à partir de cet organisme muté et tirant sur l'élément métallique plus que purement biologique et histologique, je pourrais enfin trouver la formule nécessaire à l'élaboration de ce plasma que je cherche depuis que le mystère des hommes d'argent nous a été révélé...

— Ainsi, s'écria Igill, vous penseriez, docteur, créer un élément susceptible de capter la force inconnue ? Et ce, sans le truchement de la personne humaine... Ce serait merveilleux ! Puisque, d'autre part, je me suis laissé dire que l'animal demeurait réfractaire à ce qu'on peut appeler l'enregistrement de ce fluide énigmatique...

— Non, seulement, madame le conseiller, j'espère parvenir à ce résultat, mais je crois avoir découvert, du moins théoriquement, un autre épiphénomène, une autre utilisation non moins intéressante de ce corps sans vie mais en quelque sorte momifié dans sa structure mutée... C'est-à-dire que j'obtiendrais, si Dieu le veut, une solution idéale qui, captant la force inconnue, délivrerait tout organisme catalyseur...

Les trois assistants, dont les yeux brillaient, appréciaient le puissant intérêt d'une telle découverte.

La bouillante Igill reprenait la parole :

— Mais alors, si je comprends bien, nous pourrions envoyer une nouvelle expédition vers le planétoïde aux nuées noires!... Laisser des volontaires s'exposer à cette pollution qui les mute en hommes d'argent et leur permet ainsi d'emmagasiner un formidable potentiel de la force, puis les ramener ici et, après les avoir utilisés pour l'alimentation des centrales, les libérer de cette redoutable servitude ?

— Très exactement, madame...

Après un court instant, Ritiger, très ému mais toujours maître de soi prononça :

— Si vous réussissez, docteur, vous serez un des plus grands bienfaiteurs du monde de Xicor qui ait jamais vécu sous nos trois soleils !

Loxx s'inclina :

— Je remercie Votre Excellence... mais je dois dire en toute honnêteté que je ne suis pas encore sûr du résultat !

Tugoo, qui réfléchissait, intervint :

— Tout cela est très bien. Mais, à partir du moment où vous libérez vos sujets, il faut bien admettre que nous perdons le bénéfice de ces piles vivantes.

— D'autres pourront alors prendre leur place, dit vivement Ritiger, qui se heurtait une fois de plus à l'esprit trop cartésien d'un de ses coplanétriotes lequel n'avait cependant jamais lu le Terrien Descartes.

Tugoo ne s'embarrassait jamais de sensibilité. Il ne voyait que le côté pratique des choses :

— Docteur... j'ai le regret de vous dire que

nous ne possédons plus aucun astronef susceptible de partir pour le planétoïde aux nuages noirs. Pour l'excellente raison que, privés d'énergie, les derniers de nos vaisseaux spatiaux sont incapables d'envol...

Ritiger soupira. Tugoo avait raison, mais il n'en était pas moins vrai que Loxx travaillait pour le salut des humains, et parallèlement celui du monde social. Il leur en donna la preuve.

Un de ses aides fit entrer Boww et Kipfl. Les deux hommes d'argent, toujours revêtus de leurs tuniques blanches, saluèrent le souverain et ses deux conseillers.

Apparemment, et en dépit de leur aspect de beaux robots d'argent, les deux cosmatelots se portaient bien. Loxx expliqua que, rendu plus que prudent par la fin brutale de Tra'z, il prenait les plus grandes précautions pour ce qui était, qu'on le veuille ou non, l'utilisation de cette force que les garçons portaient en eux.

Un dosage mesuré de la captation de l'énergie avait donné d'excellents résultats. Tous deux, à tour de rôle, servaient de dynamiseurs à la centrale qui demeurait le cœur du laboratoire du docteur Loxx. C'était grâce à ce fluide émis depuis leurs organismes que les circuits vibraient, que la clarté était répandue, et surtout que tous les appareils fonctionnaient. Grâce à un tel système que le savant Loxx pouvait continuer à rechercher la formule du plasma-miracle lequel, non seulement pourrait éventuellement servir de catalyseur peut-être même en lieu et place de la nature humaine, mais encore, ce qui n'avait pas été prévu, libérer tout homme d'argent des effets de la mutation et lui rendre une morphologie et une physiologie normales.

Ritiger parla avec bonté à ces deux hommes qu'il lui était interdit de toucher seulement du bout du doigt. Et Loxx annonça qu'on allait procéder à de nouveaux essais en présence du monarque et des deux conseillers.

Les aides mettaient tout en place lorsqu'un message parvint. On l'envoyait du palais de Xicor par actovol. Une communication des plus urgentes pour le Prince.

— Ils reviennent ?... Ou bien... ?

Un astronef était signalé. Un astronef qui, visiblement, cherchait à joindre l'astroport de Xicor.

Mais, ce qui était suspect, ce n'était pas le vaisseau xicorien qui avait emmené l'expédition commandée par Wric'k avec Roxa et le petit prince D'Tmir.

— Un Phoar ?

Ritiger, fort inquiet, quitta Loxx et, avec Igill et Tugoo rejoignit en catastrophe la cité capitale.

Là, il reçut une seconde communication. D'importance. Et de nature dramatique.

A partir de ces Etats du Sud révoltés, une troupe armée fonçait vers la ville centrale. Une troupe appuyée par des forces Phoars. Car trois de leurs astronefs avaient bel et bien débarqué, et c'étaient eux, les éternels rivaux de Xicor, qui menaient la rébellion.

Cette fois, le Prince Ritiger s'effondra, sous les regards consternés de Tugoo et d'Igill.

— Tout est fini... Nous sommes perdus !...

CHAPITRE XV

Ce moment de faiblesse dura peu. Ritiger, conscient de son rang social et de sa dignité d'homme, reprit promptement le dessus. Igill, d'ailleurs, l'y aida avec autant de fermeté que de délicatesse.

Tugoo, lui, avait déjà pris quelques dispositions. Il fallait mettre la cité en état de défense, il fallait également assurer la sécurité de l'astroport.

Car on ne savait toujours pas quel était ce vaisseau spatial qui demandait, en code lumineux et selon les règles interplanétaires, l'autorisation d'atterrir.

D'où venait-il ? Qui était-il ? La carence de télécommunications ne permettaient guère à la tour de contrôle d'obtenir des renseignements satisfaisants. Tugoo ordonna la mise en place d'un cordon de sécurité. On disposait encore de quelques armes fulgurantes. Si les passagers de ce navire mystérieux débarquaient avec des intentions hostiles, on saurait leur répondre.

Entre-temps, Igill avait réussi à convoquer les principaux chefs militaires. Autour de Ritiger, un véritable conseil de guerre fut improvisé. Les messages plus ou moins tronqués qui parvenaient à la capitale de Xicor faisaient état de l'avance d'une véritable armée. Les révoltés du Sud encadrés par les envahisseurs Phoars, c'était difficilement niable.

Une fois encore, on vint demander au Prince de se rendre à l'astroport. Il donna brièvement ses instructions, laissant carte blanche à Tugoo pour la direction générale des opérations. Igill se chargerait plus particulièrement de l'ordre dans la ville, tentant de faire appel au civisme de la population. Si des mécontents risquaient de provoquer des troubles, on n'en constata pas moins que plus d'un Xicorien, voire d'une Xicorienne, se précipitaient autour de leurs dirigeants, réclamant des armes et se déclarant prêts à faire face à l'ennemi.

Pendant que tous ces événements achevaient de mettre la cité de Xicor dans une effervescence inaccoutumée, Ritiger s'était rendu à l'astroport au moyen d'un actovol.

Il vit que la discipline régnait et que les forces stationnées sur l'aire se trouvaient en position de combat, en un ordre impeccable.

Majestueusement, l'astronef descendait, se posait avec quelques difficultés. On pouvait estimer sans avoir grande connaissance des techniques astronautiques qu'il avait souffert et que des avaries nombreuses l'avaient entaché. Toutefois, le grand vaisseau commençait, aidé d'ailleurs par le personnel spécialisé de l'astroport, à s'amarrer correctement.

Vint le moment où s'ouvrit un sas.

Les Xicoriens étaient crispés et sans doute le souverain n'était-il pas celui d'entre eux qui se sentait le plus à l'aise.

Courageusement, Ritiger s'avança. Un frisson passa sur l'assistance.

Si les cosmonautes, quels qu'ils soient, tentaient quelque épreuve de force, le Prince de Xicor en serait la première victime. Mais Ritiger, lui, estimait faire simplement son devoir de monarque.

Une silhouette apparut en haut du sas, alors qu'une passerelle venait de se dérouler.

— Père !...

— D'Tmir !

Ritiger crut avoir une hallucination. Le vertige le gagnait. Son fils, c'était son fils qu'il croyait disparu dans l'espace.

Un instant après, sous les yeux ébahis et émerveillés de la troupe en armes, le père et son enfant étaient dans les bras l'un de l'autre.

Ritiger, aussitôt, eut la joie de serrer sur son cœur Roxa aux cheveux de cuivre en feu, puis le plus fidèle des amis : le commandant Wlic'k.

Et commencèrent à descendre ceux qui finalement survivaient après la fantastique randonnée. En premier lieu un Terrien, Féréol, l'homme aux yeux verts, auquel D'Tmir assurait devoir beaucoup. Puis quelques éléments parmi les plus efficaces, tels que Li-Sang ou Znam le Centaurien. D'Tmir les présentait un par un au prince de Xicor. Et Ritiger, ému, conscient que tous avaient participé au retour de son fils, avait un mot chaleureux pour chacun.

Enfin, ce fut l'instant douloureux.

Les deux derniers passagers apparurent et Ritiger blêmit.

Deux hommes d'argent !

D'Tmir, alors, expliqua ce dont on était rede-

vable au Terrien Dalibert et au Xicorien Loob.
Tous deux s'étaient dévoués et c'était grâce au
potentiel de force inconnue emmagasinée dans
leurs corps métallisés que le navire « Le Grand
Soleil » conquis sur les Phoars de Glo avait pu
tant bien que mal rejoindre l'astroport de Xicor.

Cependant, Ritiger n'était qu'à peine surpris.
Dalibert et Loob ! Était-ce autre chose que Boww
et Kipfl, lesquels servaient actuellement de
dynamiseurs pour le laboratoire du docteur
Loxx ?

Les effusions, pour vibrantes et ferventes
qu'elles étaient, ne pouvaient durer. Un péril
sans nom planait sur Xicor. Roxa apprit, avec
une sorte de terreur qui la laissa muette, le
drame qui s'était joué dans les États du Sud.

— Mon père... qu'est-il devenu ?

Force était bien d'avouer à la jeune fille que,
dans la confusion générale et surtout l'absence
maintenant quasi totale de communications, on
ne pouvait lui fournir aucun renseignement
valable sur le sort du gouverneur Hox, ainsi
d'ailleurs que sur ce qui était survenu à la
majorité de la population. Ce qu'on savait,
c'était qu'une partie de ce groupe humain avait
pactisé avec les conquérants venus de la planète
Glo à bord de trois astronefs, et qu'ils prétendaient marcher sur la capitale, ce qui permettrait d'investir aisément par la suite le reste de la
surface planétaire de Xicor.

D'Tmir eut tout de suite la mission de récon-
forter Roxa. Mais la jeune fille — elle l'avait
fréquemment prouvé — n'était pas de celles qui
s'abandonnent aisément et, fidèle à elle-même,
refoulant apparemment son chagrin, elle se
déclara prête à se battre.

Le « Grand Soleil » était désormais en trop
mauvais état pour servir utilement au combat.

176

Du moins tous ceux qui se trouvaient à bord s'empressaient-ils de se mettre à la disposition du Prince, qu'ils soient ou non Xicoriens. Tous avaient un compte à régler avec les Phoars.

— Ah! s'écriait joyeusement le petit prince, toujours exalté dans sa juvénilité généreuse, ils voulaient faire de nous des esclaves... Eh bien! On va leur montrer ce qu'ils valent, les esclaves de Xicor!

Pendant les moments qui suivirent, Ritiger et les siens, sans s'attarder à la joie de ces retrouvailles inattendues, se préparèrent fébrilement à organiser la résistance. On avait pris soin tout particulièrement de Dalibert et de Loob. Et ce qui avait paru normal à tous, on les avait conduits chez le docteur Loxx, pour y rejoindre leurs étranges congénères : Boww et Kipfl.

L'absence de renseignements sur les mouvements de l'ennemi se faisait cruellement sentir. Tandis que Tugoo et Wlic'k supervisaient l'installation de troupes, Loxx avait tenté d'alimenter un réseau-radio en faisant appel à Kipfl. Les émissions captées laissaient entendre que les forces Phoars marchaient effectivement vers la capitale, appuyées naturellement par du matériel lourd, autant terrestre qu'aérien.

Surtout, on put penser que les hommes venus de Glo utilisaient leur arme terrifiante : le gel. Si une grande partie de la population du Sud s'était rangée à leurs côtés, il y avait eu immanquablement des résistants. Et ces derniers avaient succombé soit sous les projecteurs d'ensemble capables d'immobiliser un engin de grande envergure, voire un astronef comme cela avait été avec celui de Wlic'k, soit avec leurs tromblons individuels pour les combats rapprochés.

Les Xicoriens devaient tenir compte de tout cela. On pouvait encore se servir des actovols.

Comme le disait D'Tmir, dont le naturel optimisme reprenait d'autant plus le dessus qu'il avait retrouvé sa planète, sa patrie, son père, si les ondes réfrigérantes des Phoars neutralisaient à la fois les hommes et les moteurs comme on en avait eu la démonstration, ils ne pourraient pas grand-chose contre les actovols, par définition dépourvus de propulsion mécanique.

Wlic'k fit observer doucement à son jeune ami qu'un actovol, même en état de bon fonctionnement, serait en péril si son pilote gelait vivant. Mais D'Tmir se refusait à la désespérance et Roxa lui souriait, ce qui l'aidait à surmonter tous les obstacles.

Féréol, bien entendu, mettait la main à tout et une fois de plus on retrouva l'esprit d'organisation de l'homme aux yeux verts. Mais il disait simplement qu'il lui avait souvent été donné de combattre, soit sur les planètes, soit dans l'espace.

Enfin, Loxx fit savoir que des émissions très parasitées, difficilement déchiffrées, faisaient état d'une avance rapprochée des éléments Phoars et de leurs alliés Xicoriens du Sud. Sous les trois soleils, lesquels continuaient leurs passages alternants dans l'éternelle clarté crépusculaire, un nouveau danger se révélait. Les Phoars avaient trouvé un moyen supplémentaire d'agir, tenant compte de la nyctalopie des Xicoriens. Ils braquaient sur leurs adversaires des phares puissants, qui aveuglaient aisément ces planétaires à la vision accoutumée à très faible luminosité.

Tenant compte de tout cela, l'état-major réuni autour du prince Ritiger mit bravement ses forces en route et tous furent d'accord : pas question d'attendre le siège et l'éventuel investissement de la cité majeure. On irait au-devant de l'ennemi.

Plusieurs actovols fonçaient.

Ritiger avait dû s'incliner devant l'opinion de tous : il demeurait dans son palais. Là, Loxx lui transmettait les renseignements qu'il pouvait glaner au moyen de cette radio alimentée énergétiquement par un homme d'argent (il disposait maintenant de quatre de ces précieux éléments et les ménageait eu égard à la triste destinée de Tra'z). Pendant ce temps, Wlic'k avait pris la direction générale des opérations. Un actovol le portait en compagnie de Féréol. D'Tmir se fût cru déshonoré de ne pas participer au combat. Il était à bord d'un autre appareil ayant auprès de lui Roxa qui se refusait à le quitter. La majorité des rescapés du « Grand Soleil » s'étaient immédiatement enrôlés, soit dans l'armada des actovols, soit dans les forces terrestres qui allaient, les unes à pied, les autres à bord d'engins sur coussins d'air, lesquels fonctionnaient avec les dernières piles encore chargées dont on disposait. Et ce groupe constituait l'avant-garde.

Ce qui devait arriver arriva promptement. Au-dessus d'une vaste plaine assez désolée qui s'étendait au-delà des collines fermant l'horizon de la cité où régnait encore Ritiger, les premiers appareils volants de l'adversaire firent leur apparition.

Divers aéronefs, alérions de types variés. Aucun actovol, les Phoars, bien qu'en ayant évidemment trouvé dans la cité du Sud, négligeant ce modèle à leurs yeux trop primitifs.

Ils avaient tort et on le leur prouva rapidement.

En effet, dans l'engagement aérien qui se produisit promptement, les Phoars qui pensaient avoir aisément raison de ces faibles armes, furent tout surpris de les voir résister à leurs radiations réfrigérantes.

Si le givre se formait aussitôt sur les cockpits, les planeurs habilement dirigés n'en continuaient pas moins à évoluer avec autant d'aisance que de vélocité. La raison en était simple. Dépourvus de moteurs, les actovols étaient allergiques aux ondes diaboliques. Si les pilotes souffraient terriblement de ce froid qui les menaçait, ils avaient l'avantage, en raison des déplacements ultra-rapides de leurs appareils, de ne pas donner prise en permanence à l'action de ce gel artificiel. Cela les atteignait, certes, mais encore insuffisamment pour les paralyser et les neutraliser totalement.

Et l'escadre des actovols, vaillamment, se mit à harceler les éléments infiniment supérieurs techniquement des Phoars. Les armes rapprochées, surtout les fusilasers automatiques installés sur les planeurs, firent de grands ravages contre ceux qui, désorientés par la surprise, avaient trop hâtivement escompté une rapide victoire.

Plusieurs appareils Phoars croulaient, explosaient sur le terrain désolé de la grande plaine. Wlic'k et Féréol savouraient ce premier résultat. Ils pensaient à D'Tmir, avec lequel ils ne pouvaient communiquer, mais qui devait évidemment déjà se réjouir un peu trop.

Ce qui était le cas car les Phoars, alors que leurs adversaires avaient bénéficié d'un premier résultat encourageant, s'étaient déjà repris. Puisque le gel semblait peu propice à la mise en déroute de l'armée volante ennemie, ils en revinrent aux armes classiques.

Wlic'k et Féréol, cette fois la rage au cœur, virent plus d'un actovol tomber, partiellement désintégré par des rayons lasers d'un type qu'ils ne connaissaient pas. Les hommes de Glo atteignaient, il fallait le reconnaître, une technique avancée avec laquelle il fallait compter. Les deux amis purent très vite redouter la défaite.

Les actovols tournoyaient rapidement et souplement autour d'ennemis plus pesants, moins maniables, mais quand un Phoar touchait un Xicorien, c'était presque immanquablement à coup sûr.

Si Féréol et Wlic'k s'inquiétaient pour D'Tmir et Roxa, ces derniers, à leur bord, se demandaient également avec anxiété ce qu'il était advenu du Terrien et du commandant xicorien. Un actovol ressemblait à un autre actovol, si bien qu'on ne pouvait savoir qui se trouvait à bord de ceux qu'on voyait piquer, les uns après les autres, vers ce terrain où commençaient à s'accumuler les épaves et les morts.

Cependant les Xicoriens ne flanchaient pas et plus d'un engin Phoar, lui aussi frappé de très près par les audacieux actovols et leurs équipages, s'effondrait en flammes.

Toutefois, plusieurs pilotes xicoriens, atteints par les radiations, gelaient vivants. Quelques-uns, au comble du désespoir, se sentant perdus, utilisèrent leurs dernières forces et foncèrent sur les appareils ennemis. Ils ne tiraient plus, ils n'en avaient plus la possibilité. Ils mettaient leur suprême énergie à lancer l'appareil et l'actovol allait alors s'écraser contre le Phoar, mettant un terme à son action.

Et les deux antagonistes tombaient ensemble dans un torrent de feu, victimes de ces héroïques pilotes-suicides.

D'Tmir les admirait, criait à Roxa, une Roxa livide, qu'en dernier ressort il donnerait ordre à son pilote d'user de ce dernier moyen si la situation tournait au désavantage des Xicoriens. Et la jeune fille se taisait, atterrée.

Mais, au-dessous de ce ciel crépusculaire où continuaient les combats aériens, les troupes xicoriennes apparaissaient. Très au loin alors que, par contre, on pouvait voir avancer les forces Phoars encadrant les hommes du Sud, les révoltés.

Du haut des nues, Wlic'k et Féréol purent apercevoir cette armée qui progressait. Ils firent peu de commentaires. L'équilibre n'était pas assuré, l'ennemi, au premier coup d'œil, semblait bien supérieur en nombre comme en force matérielle.

Les actovols tentaient un dernier effort. Désespéré. Et au terrain, il n'était pas malaisé de supputer la déroute rapide des Xicoriens lesquels avaient peu de chances, eux, d'être immunisés contre les armes gelantes.

C'est alors que, surgissant soudain derrière la petite armée du Prince Ritiger, un élément nouveau, véloce, terrible, foudroyant, fit son apparition.

CHAPITRE XVI

Les clogss étaient partout. Cela sortait on ne savait d'où : du sol, de la moindre fissure du terrain, des pierres et des rares buissons épineux qui avec des sortes de lichens agrémentaient, si l'on pouvait dire, ces plaines mornes et sans grand relief.

Homologues des arachnides, ces petits animaux dont les formes et les dimensions variaient infiniment, étaient à peu près tous carnivores. Attirés par l'odeur du sang, ils accouraient en masse, en légions, en myriades. Certains, doués de la faculté de vol, arrivaient de très loin sur le théâtre du grand désastre. Ils grouillaient sur les cadavres des malheureuses victimes du combat et s'en prenaient au besoin aux blessés qui hurlaient.

Et tout cela, parmi les épaves des actovols et des engins phoars, dont certains flambaient encore. Mais en dépit de la fumée, voire des flammes, les clogss se faufilaient partout, cherchant leurs proies et l'horrible festin commençait.

Dans le ciel, l'engagement se poursuivait. Sans grand espoir de la part des Xicoriens, qui voyaient avec terreur venir le moment où, en dépit de leur adresse, de leur courage, les derniers pilotes d'actovols et leurs équipages succomberaient sous les coups de l'escadre Phoar. Du moins leur restait-il un dernier moyen de lutte : le choc-suicide que plusieurs d'entre eux avaient déjà pratiqué pour porter des coups sans appel à l'adversaire.

Tous ceux de Xicor, y compris D'Tmir sur son actovol et Wlic'k, avec Féréol, sur le sien, avaient également compris la faiblesse de l'armée de Ritiger, face aux colonnes des révoltés que les Phoars dirigeaient astucieusement, en les appuyant d'un solide matériel.

Mais leur état d'esprit devait changer brusquement lorsque, du haut des carlingues des courageux petits planeurs, ils découvrirent ce fait nouveau : une arme d'exception, venant de la cité capitale, faisait son apparition.

Féréol s'étonna. Wlic'k eut un cri de joie :

— Les knats !!

L'homme aux yeux verts, assis aux côtés du commandant, derrière le pilote, l'interrogea du regard :

— Un de nos meilleurs éléments de combat... Hélas ! comme tout le reste, faute d'énergie, nous n'avions même pas songé à le mettre en lice... Que se passe-t-il ? Loxx, sans doute. Loxx encore !... Ce génie a trouvé le moyen de relancer les knats !...

Féréol regardait de tous ses yeux tandis que l'actovol qui le portait évoluait avec toujours autant de rapidité et que, à plusieurs reprises,

Wlic'k et lui-même tiraient au mitrilaser sur les appareils Phoars.

Il voyait arriver deux énormes engins, filant sur coussins d'air, ce qui devait exiger, étant donné leur masse et leur poids, une quantité formidable d'énergie.

Cela provoquait d'ailleurs un tourbillon de vapeurs et de poussières, où sautaient des cailloux, des branchages, tout ce que cette pulsion virulente heurtant le sol faisait rebondir. Deux chars de combat d'un modèle fantastique, munis par surcroît chacun de trois phares énormes qui projetaient une clarté aveuglante devant eux.

Les knats, doués d'une surprenante vitesse disproportionnée à leurs dimensions, à leur morphologie, fonçaient sur l'armée ennemie.

On vit ces deux ouragans de fer passer à travers les débris du duel aérien, broyant les carlingues encore fumantes ou embrasées, écrasant les corps sans vie, aplatissant aveuglément quelques malheureux qui vivaient encore et roulant sans pitié sur la harde des clogss qui fuyaient maintenant, terrifiés, devant ces incompréhensibles monstres.

D'Tmir était fou de joie. Il s'agitait dans le cockpit de l'actovol, criant qu'on tenait la victoire, que les knats allaient changer la face du combat, et lui aussi rendant hommage à Loxx, le seul capable d'avoir redonné vie à ces engins devenus inertes et inutiles par carence énergétique.

Comment le savant avait-il trouvé le moyen de faire repartir efficacement de tels mastodontes ? D'Tmir, tout comme Féréol et Wlic'k de leur côté, croyait avoir trouvé la réponse.

Chaque knat était conduit, alimenté, dynamisé, par un homme d'argent.

Qui ? De toute évidence, les deux cosmatelots,

lesquels étaient demeurés à la disposition du docteur Loxx et s'étaient prêtés héroïquement à toutes ses tentatives, en dépit de la mort de leur camarade Tra'z, en connaissance de cause, mettant leurs vies menacées 'à la disposition de la science et de la planète-patrie.

Très vraisemblablement Boww et Kipfl dirigeaient chacun un knat, sans doute avec la collaboration d'un pilote spécialisé, émettant depuis leurs corps la force nécessaire, cette force inconnue glanée dans un astre lointain.

Or, tandis que les deux monstres métalliques, lançant l'aveuglante clarté passaient avec indifférence sur ce tableau de cauchemar constitué par les vestiges rougeoyants des appareils détruits et sur tous ces corps sanglants, ils ne se contentaient pas de faire fuir les clogss carnivores.

Ils avançaient sur la troupe des révoltés et, là aussi, engendraient une sérieuse panique.

Car non seulement on imaginait aisément qu'il serait difficile de venir à bout de tels démons avec les armes classiques, mais encore la lumière éblouissante qu'ils diffusaient frappait cruellement les yeux nyctalopiques des révoltés, tous originaires de Xicor, soit accoutumés à une clarté infiniment plus diffuse, plus atténuée.

Des flottements se produisirent et, avant même que les deux troupes se soient affrontées, les Phoars constatèrent avec inquiétude que la horde des dissidents sur lesquels ils comptaient pour en finir avec Ritiger commençait à battre la chamade.

C'était l'heure où, dans le ciel de Xicor, il ne restait plus qu'une seule étoile, un seul et pâle soleil épandant sa lumière anémique sur le champ des désastres.

Dans cette lueur plus fantomatique que jamais, les choses prenaient un flou qui ajoutait encore à l'aspect sinistre de l'ensemble. Déjà, les avant-gardes des deux armées s'étaient accrochées et les Phoars, bien qu'affaiblis par cette carence des révoltés qu'ils poussaient au combat, reprenaient promptement un certain avantage en utilisant à grand rendement leurs armes réfrigérantes. Tandis que de véritables canons projetaient les ondes redoutables, les fantassins, eux, attaquaient leurs adversaires avec les tromblons qui diffusaient des radiations analogues.

Les Xicoriens de Ritiger gelaient sur place et ne tardaient pas à succomber, à s'écrouler quasi congelés, gourds, déjà somnolents et ce pour un bon moment. Bravement, ceux de la capitale avaient tiré sur l'ennemi, provoqué des ravages dans leurs rangs. Mais ce qui était surtout un handicap pour les Phoars, c'étaient les terribles knats lesquels continuaient à avancer et à faire refluer les révoltés, saisis d'épouvante devant de pareils monstres.

Tout cela apparaissait dans la lumière blafarde qui auréolait vaguement êtres et choses et donnait à tout un visage fantastique, quasi irréel. Les lueurs sanglantes des appareils achevant de brûler étaient des flambeaux cauchemardesques, jetant des halos rougeâtres sur la grisaille qui dominait. Et les derniers actovols, héroïquement, tentaient encore de s'en prendre à la puissante escadre armée par les Phoars.

Ces derniers, bien entendu, lançaient leur formidable outil de guerre contre les knats et avaient pu croire, tout au moins au départ, que ces chars, si formidables soient-ils, ne tarderaient pas à stopper, à la fois avec les moteurs bloqués et les pilotes paralysés.

Or, il n'en était rien. Certes, sur les énormes masses de métal en marche que représentaient ces engins vigoureux, le givre se manifestait, créant de longues traînées blanches, ruisselant sur les tourelles, les parois, les réacteurs qui émettaient le solide coussin d'air supportant l'ensemble. Cette nappe glacée se manifestait d'ailleurs un peu partout dans la plaine. Morts et mourants s'enveloppaient petit à petit de la chape givrante et des pellicules livides s'accumulaient sur les épaves du combat aérien.

Mais, au milieu de tout cela, et bien qu'eux aussi couverts du givre mortel, les knats n'en continuaient pas moins à progresser, à foncer sur l'armée ennemie, à disperser les colonnes des révoltés. Si bien que la panique commençait à gagner les Phoars eux-mêmes, stupéfaits de constater l'allergie apparemment totale de pareils engins en dépit des flots de radiations qu'on leur dépêchait inlassablement.

Là-haut, dans leurs actovols, D'Tmir et Roxa, Féréol et Wlic'k, pouvaient suivre tant bien que mal les phases de cette étrange bataille. Féréol, particulièrement, en dépit de l'éclat de ses yeux verts, distinguait assez mal les choses dans cette clarté crépusculaire que piquetaient les derniers brasiers.

Toutefois, il se rendait compte de l'efficacité des knats et commençait à croire, lui aussi, que les craintes bien légitimes des premiers instants de l'engagement n'étaient pas fondées et que l'avantage tournait en faveur des forces du Prince Ritiger.

Il imaginait aisément l'enthousiasme de D'Tmir. Le petit prince, en effet, continuait dans son exaltation puérile, encore que Roxa eût tenté de l'apaiser.

Et puis un engin volant Phoar fonça sur eux.

Un jet de mitrilaser stria l'air et le pilote de l'actovol, un homme d'une extrême adresse qui leur avait évité vingt fois le pire, tomba en avant sur les commandes, transpercé, tué sur le coup.

D'Tmir fut coupé net dans ses exclamations joyeuses. Lui et Roxa, instinctivement, s'enlaçaient, comprenant de façon foudroyante qu'il n'y avait plus rien à faire, le trait fulgurant ayant ravagé au passage le système propulseur.

L'actovol piqua, tourna, se redressa et se renversa pour aller s'écraser au sol.

Par bonheur pour les deux jeunes gens, ils n'étaient encore qu'à faible altitude et l'appareil glissa sur le sol déjà abondamment givré par les ondes réfrigérantes, ce qui atténua le choc, faisant patinoire. L'actovol fila donc ainsi tant bien que mal pendant un bon moment avant de s'arrêter tout à fait.

Il était hors d'état de façon définitive. Le pilote était mort. Mais ses deux passagers, avec mille difficultés, contusionnés, couverts d'ecchymoses, nez saignants et membres meurtris, s'extirpaient de la carlingue.

Roxa et D'Tmir s'étreignirent une nouvelle fois, en silence.

Debout maintenant au centre de la vaste plaine, ils sentaient couler sur eux cette glace artificielle prodiguée à l'envi par les émetteurs des Phoars.

Ils assistèrent à ce qui fut la dernière phase de ce combat si lourd de conséquences pour l'avenir de la planète Xicor.

Les envahisseurs, constatant l'échec de la troupe des révoltés qu'ils avaient pu croire utiliser pour en finir avec le pouvoir de Ritiger, et toujours assez peu soucieux de s'exposer les premiers, lancèrent dans la bataille un élément d'une efficacité généralement exceptionnelle : un commando d'androïdes.

A bord des astronefs de ligne qui leur avaient permis le débarquement dans le sud de Xicor, ils avaient amené une centaine de leurs étonnants robots. Dociles et efficaces, ignorant la panique, voire la moindre crainte, c'étaient des guerriers particulièrement sûrs et qu'il fallait blesser fortement pour en venir à bout.

Face à l'armée de Ritiger que précédait le duo des knats, couverts de givre mais progressant toujours, les androïdes avancèrent.

Une fois encore les Phoars comprirent qu'ils avaient présumé de la suite des opérations.

Ils virent les deux formidables chars, que rien décidément ne paraissait pouvoir endiguer dans leur lancée, avancer sur les robots, les percuter en dépit des jets de laser qui les criblaient, culbuter ces pantins gigantesques, les broyer sous leur masse tandis que les réacteurs à air compressé projetaient çà et là les fragments démantibulés des malheureux androïdes.

Comme ils étaient télécommandés, les Phoars, soucieux de sauver au maximum un aussi précieux matériel, se hâtèrent de les rappeler par radio, en laissant près de la moitié sur le terrain.

Et l'ordre de repli fut donné.

La victoire, apparemment, restait, du moins dans le présent, à l'armée de Ritiger.

Wlic'k, dont l'actovol était intact, très inquiet sur le sort de Roxa et de D'Tmir, toucha le sol rapidement et, en compagnie de Féréol, se mit à la recherche des jeunes gens.

On gelait, mais la fuite de l'ennemi ne lui permettait plus de polluer l'atmosphère de ses radiations. Si bien que, après quelques instants à errer à travers la plaine, le commandant et le Terrien retrouvèrent le petit prince et sa compagne, contusionnés, mais tout de même bien vivants.

On marchait sur des centaines et des milliers de corps de clogss, les arachnides ayant subi, eux aussi, les effets du gel artificiel. Ils se mirent à la poursuite des knats. Ils les retrouvèrent immobilisés. On appela Boww et Kipfl, mais les hommes d'argent qui avaient prouvé qu'ils étaient, dans leur étrange état, allergiques aux ondes de gel, ne répondaient pas.

Et le Prince D'Tmir et ses amis eurent la grande tristesse de ne trouver, à bord des chars de combat, que deux formes aux tons argentifères, deux masses qui avaient été des êtres humains.

Ils comprirent. Courageusement, pour alimenter jusqu'au bout les moteurs de leurs engins, leur interdire de geler et en arriver à repousser l'ennemi, les cosmatelots avaient donné d'eux-mêmes, négligeant jusqu'aux recommandations de prudence et de mesure du docteur Loxx. Et ils avaient poussé l'émission de fréquence à un tel degré, sans se consulter, spontanément, qu'ils avaient fini par subir le sort de Tra'z. Par arriver à saturation, et à provoquer l'étincelle finale qui les tuait sur place.

Deux héros encore ! Deux hommes d'argent ! Deux victimes aussi !

La victoire coûtait cher, comme toutes les victoires militaires.

Et le commandant Wlic'k dit à ses compagnons :

— Tout n'est pas joué ! Il faut retourner vers la cité, prendre de nouvelles mesures. Les Phoars s'organiseront de nouveau !... Préparons-nous à reprendre le combat !

CHAPITRE XVII

Les propos de Wlic'k étaient des plus sages. Ritiger réunit rapidement un nouveau conseil. Il fallait profiter de la défaite (évidemment provisoire) de l'armée Phoar pour mettre la capitale en état de supporter un choc qui s'avérait inévitable.

Certes, les révoltés du Sud devaient réfléchir. Ils avaient laissé le terrain aux terribles knats, effrayés par leur aspect et leur lancée irrésistible, aveuglés par les phares puissants que leurs yeux ne pouvaient supporter. Toutefois, les Phoars, bien décidés à établir leur domination sur la planète Xicor et à faire de ses habitants leurs esclaves, ne s'en tiendraient évidemment pas à cet échec initial.

A partir de ce moment, on vécut des heures fébriles. Si Ritiger et les siens vivaient partiellement dans la cité, si le Prince regroupait toutes ses forces, si, pour l'instant, il ne semblait pas y

193

avoir de rébellion dans la ville même, il fallait faire appel à toutes les bonnes volontés.

Outre les Xicoriens, une milice fidèle, Ritiger avait à sa disposition les rescapés du « Grand Soleil ». Les uns et les autres ayant un compte à régler avec les Phoars, depuis qu'ils savaient quel destin on leur réservait, sous le fallacieux prétexte d'aller prospecter des mines fantômes sur un planétoïde perdu.

Le docteur Loxx, auquel on devait le triomphe des knats, ne disposait plus que de deux hommes d'argent : Loob et le Terrien Dalibert. Tous deux, bravement, s'étaient offerts pour alimenter la centrale du laboratoire, ce qui permettait la poursuite des expériences. D'autre part, Loxx croyait proche le résultat de sa principale recherche, qui était justement le salut pour les êtres mutés. S'il mettait au point le bain de plasma sur lequel il travaillait à partir du malheureux corps de Tra'z, Loob et Dalibert pouvaient espérer à un certain moment être délivrés de la force inconnue, et reprendre alors leur morphologie normale.

Mais on n'en était pas encore là. Il fallait se défendre contre l'éventuelle invasion venue du Sud ou, peut-être, de l'espace, les Phoars disposant d'une flotte astronautique.

Autour du souverain on s'était partagé la besogne. Tugoo, premier conseiller, homme à poigne, parfois trop estimait-on, supervisait l'ensemble. Igill, femme pratique autant qu'énergique, s'occupait du ravitaillement et créait des liens avec les diverses communautés qui avaient quitté la ville privée de force électrique pour s'installer dans les campagnes environnantes. Féréol organisait en symbiose avec Wlic'k des commandos qui s'entraînaient avec autant de zèle que de célérité, utilisant les armes dont on disposait, y compris des tromblons récupérés sur les cadavres des ennemis abattus. Ainsi, on pourrait également geler pendant un temps les assaillants. Ces armes, si petit que soit leur nombre, n'étaient pas à négliger. Loxx se réservait d'ailleurs de les étudier un peu plus tard afin d'en recréer de semblables.

Roxa s'affairait, aidait l'un, aidait l'autre. L'active jeune personne paraissait être partout à la fois. Quant à D'Tmir, il se consacrait, avec une équipe particulièrement dynamique, à des vols d'entraînement sur les précieux actovols qui avaient si bien collaboré à la première victoire.

On demeurait pratiquement coupé, non seulement des États du Sud, mais aussi des autres mondes, puisque les sidérocommunications ne passaient plus, faute de récepteurs en état de marche. Parfois, Loxx utilisait un des hommes d'argent pour tenter de capter quelque message, voire d'envoyer des demandes de secours aux forces interplanétaires. Ainsi, on avait installé, dans sa demeure-laboratoire-forteresse, un poste confié à un technicien confirmé, Ybaa, un des plus fidèles fervents du Prince Ritiger. Mais les résultats, jusqu'à présent, demeuraient incomplets, fragmentaires et sans grande utilité.

C'est alors qu'éclata un incident qui bouleversa tout le monde.

Il faut se souvenir que le « Grand Soleil », une fois conquis par D'Tmir et ses amis grâce à la révolte des mercenaires, avait ramené sur Xicor un petit groupe de captifs. Dont le capitaine Tikjokk, le lieutenant Hfll et quelques autres Phoars. Et aussi le sinistre Sigoov, Xicorien lui, mais malfaiteur avéré et qui était passé au service de l'ennemi, lequel avait réussi à le faire évader. Depuis le drame qui s'était joué sur l'astronef commandé par Wlic'k, la suspicion n'avait jamais cessé de régner. On ne parlait que rarement de trahison, mais chacun y pensait de son côté.

Les prisonniers, sur le sort desquels on se proposait de statuer quand un peu de calme serait revenu, étaient détenus, dans des conditions d'ailleurs assez correctes, à la prison de la cité. Une prison qui servait peu en général, la population étant restée pacifique, et ce jusqu'à la fameuse carence d'énergie qui avait déterminé tous les malheurs de Xicor.

Or, la nouvelle éclata comme un coup de tonnerre. Une évasion surprenante s'était produite. Tikjokk et les autres, au nombre d'une quinzaine, avaient disparu de la maison d'arrêt.

Comment cela s'était-il produit? Le petit groupe de miliciens chargé de la surveillance avait été mis hors d'état de nuire. Par un moyen qui se passait de commentaires : on les avait gelés. Gelés au tromblon, procédé inventé par la science des Phoars. Les malheureux, quand ils s'étaient éveillés après une longue inertie, étaient incapables de comprendre ce qui s'était passé. Ils se souvenaient seulement d'une sensation de froid. Rien de surprenant dans ce monde où le chauffage n'était qu'un souvenir. Mais ils avaient succombé les uns après les autres à l'engourdissement. Si bien que l'évasion avait pu se dérouler sans heurt, sans effusion de sang. Les captifs avaient simplement disparu.

Restait à savoir qui les avait aidés !

De nouveau, le doute s'implantait. Wlic'k, comme le Prince, comme Tugoo, comme tous les Xicoriens, devenaient plus sombres que jamais. Roxa paraissait accablée et n'était pas la seule. D'Tmir, lui, réfléchissait de son côté. Le petit prince savait qu'on n'est jamais trahi que par les siens. Et D'Tmir se posait des questions, beaucoup de questions...

Loob est « de service » au laboratoire du docteur Loxx.

Ce qui signifie que, pendant que repose Dalibert le Terrien, l'autre homme d'argent met son organisme à la disposition du savant. Loxx a mis au point un système à la fois simple et pratique qui permet au sujet de se brancher sur une dynamo à laquelle il communique la force inconnue uniquement par manipulation d'une prise, ce qui évite l'appareillage complexe instauré dès les premières expériences.

Loxx exulte. Il croit approcher de la solution. Son cerveau génial, non seulement a réussi à apporter une aide considérable aux forces militaires, mais encore, après avoir longuement étudié le cas des hommes d'argent, il commence plus sérieusement que jamais à envisager le moment où il pourra, à volonté, libérer ces êtres exceptionnels du potentiel énergétique qui les rend à la fois si utiles et si vulnérables. Car on ne saurait oublier la triste fin de Tra'z, ni celle, non moins glorieuse, de Boww et de Kipfl retrouvés littéralement « fondus » aux volants des knats qui ont mis l'adversaire en déroute.

Loob, comme Dalibert, est serein. Peut-être Loxx réussira-t-il avant qu'une issue fatale ne survienne pour le Terrien comme pour lui-même. Tant mieux si cela réussit. Sinon, leur mort n'aura pas été stérile.

Certes, Tugoo a fait observer qu'en libérant les hommes d'argent on prive Xicor de sa dernière chance. Mais Loxx assure que, dans l'avenir, on finira bien par trouver le moyen de catalyser la force inconnue sans le truchement de la chair humaine.

197

Loxx travaille avec le seul Loob. Ses aides reposent, comme Dalibert. La milice veille alentour. Dans un bâtiment voisin, Ybaa, le spécialiste radio, doit somnoler devant ses appareils, guettant un message éventuel qu'il tentera de déchiffrer. Si toutefois cela se produit...

Loxx travaille.

L'homme d'argent, paisible, drapé dans sa tunique blanche, assis sur un siège de bois qui l'isole, tient dans chaque main l'extrémité d'une prise qui alimente la dynamo laquelle, à son tour, communique vie et énergie aux éléments indispensables à la bonne marche des recherches du vieux savant.

Loxx s'interrompt un instant :

— Tu peux te reposer, Loob. Nous reprendrons dans un moment...

Il débranche l'appareil qu'il utilise présentement en liaison avec la cuve qui contient les restes — si précieux — de Tra'z auxquels on ajoutera par la suite les corps des deux héros des knats. En principe, Loob ne doit donc plus fournir le fluide dynamiseur.

À sa grande surprise, l'homme d'argent constate que le contact n'est pas rompu. Il « sent », très nettement, que la force continue à sortir de lui, en quelque sorte lui être soutirée.

— Docteur... vous avez coupé le contact ?

— Oui. Lâche les électrodes. Pour l'instant, je n'ai plus besoin de ton aide...

— Mais, objecte Loob, je continue à « fonctionner » (il emploie ce terme qui correspond parfaitement à ce qu'il éprouve quand on fait appel à cette puissance qu'il détient dans tout son être.)

Loxx est très surpris :

— Rien ne marche plus, cependant... Ah ? Si c'était le poste radio ?...

198

Ils se regardent. Oui, peut-être... Ybaa, ayant entendu quelque signal, a branché immédiatement ses générateurs sur le labo, puisque lui aussi dépend pour sa mission de l'apport des hommes d'argent.

Les émetteurs et récepteurs fonctionnent au ralenti sur piles, mais dès qu'un signal se fait entendre, Ybaa fait aussitôt appel à la force qui donne infiniment plus de puissance à son appareillage.

— Je vais voir, dit Loxx.

Il se prépare à sortir. Loob est saisi d'une impulsion soudaine :

— Je vous accompagne, docteur...

Le savant ne fait aucun commentaire. Loob appelle Dalibert, qui repose dans la pièce voisine. Le Terrien arrive en bâillant.

— Prends ma succession... Il ne faut pas que le courant soit interrompu. Il se passe quelque chose de bizarre...

Dalibert bâille plus fort mais ne proteste pas. Il prend place à son tour sur le siège de bois et, patiemment, les prises en main, c'est lui qui alimente désormais la dynamo.

Loxx et l'homme d'argent gagnent le poste de télécommunications.

Comme ils vont pénétrer, Loxx fait signe à Loob d'approcher :

— Écoute... On parle... dans le micro sans doute !

— C'est Ybaa... Il est en duplex avec... avec qui ?

— Mais non ! ce n'est pas sa voix...

Instinctivement, les deux hommes baissent le ton, s'approchent, écoutent.

Un instant. Et tous deux sont saisis d'une même émotion en entendant ce que débite le speaker :

... position des actovols entre la cité et le labo... Treize groupes de miliciens sur les positions Nord... Les mercenaires forment un commando divisé en trois équipes... Sur le rempart est du Palais... les volontaires fournis par la population sont casernés dans les campements qui avoisinent la rivière...

Foudroyés, horrifiés, Loxx et Loob ont compris.

Le traître !

Celui qui, depuis toujours, renseigne les Phoars. Qui a permis la capture de l'astronef de Wlic'k. Qui a sans doute provoqué des désastres dans divers domaines. Qui, en dernier lieu, a fait évader Rikjokk, Sigoov et les autres en gelant la garde de la prison.

Brusquement, le vieux savant et l'homme d'argent sortent de leur torpeur et se ruent dans la pièce.

Le traître est là, parlant devant le micro-émetteur, donnant tous renseignements sur le système de défense de la capitale de Xicor.

Au sol, un corps gelé. Celui d'Ybaa, sans doute surpris et qui n'a pas eu le réflexe de se défendre.

Vraisemblablement parce qu'il n'avait aucune raison de se méfier de l'être qui pénétrait dans le poste radio.

Les deux hommes marchent sur le félon. Qui se retourne, brandit un tromblon, tire.

Le jet radiant, ultra-réfrigérant, atteint Loxx et le vieux savant tombe, saisi par la chape de glace qui l'annihile pour un bon moment.

L'autre continue à tirer. Sur Loob.

Mais Loob est un homme d'argent.

ALLERGIQUE AUX ONDES DE GEL.

Il continue d'avancer, et le traître, les yeux agrandis d'effroi, voit le solide gaillard arriver

200

sur lui, lui arracher le tromblon, l'empoigner dans ses poignes irrésistibles.

— Ainsi... c'était toi !

— Lâche-moi ! Lâche-moi !

— Tu as peur, hein ?... Peur de mon contact... Parce que tu sais que qui touche un homme d'argent devient de sa race... Eh bien, c'est ce qui va t'arriver... Et de telle sorte que tu ne risqueras plus d'y échapper...

— Non !!! NON !!!

Loob arrache les vêtements du traître, le renverse sur une table.

— Tu comprends, maintenant, ce que je vais te faire !...

La victime, complètement nue tente encore de se débattre. Mais Loob ricane, maintient sa proie, crie de toutes ses forces :

— Dalibert ! Dalibert ! Viens... J'ai quelque chose à t'offrir... Après moi, ce sera ton tour...

Dalibert a entendu. Il accourt. Reste un moment stupéfait de ce qu'il découvre.

Loob est nu, lui aussi, et dans l'attitude du mâle qui va assouvir la fureur de son rut.

Un grand râle de désespoir monte dans le laboratoire où gisent les corps gelés de Ybaa et du docteur Loxx...

CHAPITRE XVIII

D'Tmir dort. Ou plutôt devrait dormir.

Sur Xicor, en raison de ce semi-jour permanent qui exclut le rythme si répandu nuit-jour sur tant de planètes, il a fallu, et ce depuis toujours, établir des conventions pour les moments consacrés au repos.

D'Tmir repose donc sur sa couche, dans le palais princier. Mais le petit prince a bien du mal à trouver le sommeil.

Tout d'abord Roxa n'est pas auprès de lui. Elle est, en cet instant, de service quelque part vers les casernements, aidant Igill dans l'organisation du ravitaillement.

Ensuite, il n'ignore pas que son père, le souverain, est rongé d'inquiétude et lui-même, quoique brisé de fatigue après de fougueuses journées d'entraînement, est loin de prendre un repos gagné, tant ses pensées le harcèlent.

Ni lui, ni personne, ne se sent rassuré par le calme apparent qui règne.

La situation demeure menaçante. On continue à ignorer à peu près totalement ce qui peut bien se passer dans les États du Sud. Aucune nouvelle du gouverneur Hox. Roxa, stoïque, poursuit son action sans faire allusion à cette disparition de son père. Et puis, les observateurs du ciel ont révélé un fait qui peut avoir une très grande importance.

Une flotte spatiale tourne autour de Xicor.

Les Phoars ? Sans nul doute. Mais cela encore demeure difficilement compréhensible. Ne sait-on pas qu'ils ont débarqué dans le Sud justement avec trois de leurs vaisseaux aériens ? Si bien que, surtout après la défaite qu'ils ont essuyée dans la plaine des clogss, on pouvait redouter qu'ils n'utilisent tout bonnement leurs astronefs pour venir attaquer, pilonner et finalement investir la cité capitale.

Or il n'en a rien été. Ybaa, seul radio désormais jouant d'appareils le plus souvent hors d'état de fonctionnement, n'a pas révélé grand-chose. On se perd en conjectures. Mais il faut veiller, s'armer. On s'arme et on veille.

D'Tmir ne peut dormir.

Il grelotte dans son lit, sous les couvertures et les fourrures. Xicor n'est pas un astre particulièrement favorisé par les soleils. Et, faute de toute espèce de carburant, le chauffage n'est plus qu'un souvenir. D'Tmir a froid et surtout il a froid au cœur.

Le sort de sa planète le tenaille. Et mille soucis adjacents.

Et puis...

Des pensées le traversent, comme des javelots de feu.

Des pensées qui ne semblent pas découler du

204

découlement normal de ses rêveries, de ses réflexions.

La trahison, particulièrement, le hante. L'évasion des Phoars et du sinistre Sigoov ne laisse pas de l'inquiéter, comme elle inquiète tous les siens.

D'Tmir sursaute, se dresse sur son séant. Il est baigné de sueur en dépit du froid ambiant.

On l'appelle !

On l'appelle en pensée et, tout de suite, il évoque Féréol.

A plusieurs reprises, il a souhaité avoir une explication avec l'homme aux yeux verts. Il lui est reconnaissant de tout ce qu'il a fait pour Xicor, de la part importante qu'il a prise à la libération des mercenaires et au retour vers la planète-patrie. Mais, bien qu'il soit à peu près convaincu que c'est Féréol et non quelqu'un d'autre qui lui a déjà parlé en pensée, qui lui a suggéré plusieurs de ses réactions et de ses actes, chaque fois qu'il a voulu aborder avec lui le sujet de façon franche et directe, il a dû se taire.

Pourquoi ? Parce que ce diable d'homme qui semble lire en lui l'a regardé d'une certaine façon, avec un léger sourire. Bienveillant mais autoritaire malgré tout. Et D'Tmir, un timide en réalité, n'a jamais su insister.

Maintenant, il le sait, il en est sûr. Cette pensée qui naît en lui, monte, s'épanouit comme une fleur vénéneuse, elle émane du cerveau prestigieux du Terrien.

... il faut venir... Laboratoire du docteur Loxx... surprendre le traître...

Cauchemar ? Hallucination ? Fantasmes ? Allons donc ! D'Tmir est payé pour savoir que ce genre d'intuition — mais est-ce bien une intuition pure ? — ne l'a encore jamais trompé.

Il bondit du lit, s'habille en hâte. Il court à

travers le palais, jusqu'à la chambre de son ami Wlic'k.

— Wlic'k... Wlic'k... Réveille-toi !

Le commandant est bientôt debout et interroge D'Tmir du regard. Il l'entend qui débite, fébrile, qu'il faut aller au labo-forteresse, savoir ce qui se passe, démasquer celui qui s'acharne à perdre Xicor.

Wlic'k a une certaine moue mais il se prépare à son tour.

Un instant et ils sont dans les couloirs du palais, grimpent sur la terrasse. Un officier est là :

— Mettez un actovol en état de départ !

On s'affaire, on s'empresse. L'engin va décoller.

— Je vais avec vous !

C'est Féréol. D'Tmir n'est même pas surpris de cette intervention. Pratiquement, il s'y attendait.

Un pilote se penche sur les commandes et le planeur est catapulté. Il file sur les couches d'air, sous les maigres soleils, pique vers les abords de la cité, rejoint la demeure du savant en peu d'instants.

La milice entoure l'actovol mais reconnaît les trois occupants, salue, rend les honneurs au petit prince, qui les bouscule tous, crie :

— Le docteur Loxx... Où est le docteur Loxx ?

Pas de docteur Loxx au labo. Les hommes d'argent sont également invisibles. On s'étonne, on cherche.

— Le poste radio ! s'écrie Wlic'k.

D'Tmir et lui se précipitent, suivis par Féréol. Étrangement, depuis leur départ et son souhait de les accompagner, le Terrien n'a pas dit trois paroles. Et ce silence est bien surprenant.

Voilà le poste des télécommunications. On pousse la porte.

Quel spectacle !

Deux corps étendus. Loxx et le technicien Ybaa. Ils sont couverts de givre et il est aisé de deviner ce qui les a frappés. Mais, les yeux écarquillés de stupeur et d'épouvante, D'Tmir voit...

Les hommes d'argent, nus, silencieux, farouches. Debout, ils dominent une femme. Une femme nue elle aussi. Une femme aux yeux d'émeraude et aux cheveux de cuivre de feu.

Une femme dont le corps délicat de blancheur tranche sur le ton gris brillant des deux mutés. Une femme qui sanglote, une femme meurtrie, souillée, une femme outragée dans sa pudeur, dans sa féminité.

— Roxa ! ! !... Ah ! les misérables !...

D'Tmir veut se précipiter. Mais une poigne le retient.

— Féréol !... Lâche-moi !

— Non, malheureux ! Aide-moi, Wlic'k... Aide-moi à le tenir !

D'Tmir se débat. Roxa pleure, silencieuse, sans oser lever les yeux vers son amant.

D'Tmir crache sa fureur et son dégoût aux hommes d'argent :

— Brutes ! Immondes bêtes ! Vous l'avez...

Féréol, qui tient ferme le petit prince avec l'aide de Wlic'k, prononce :

— Du calme, D'Tmir. Laisse-les expliquer ce qui s'est passé !

Loob parle. Simplement. Posément.

Au traître, surpris en train de transmettre à l'ennemi tous renseignements susceptibles de conquérir la cité capitale, ils ont infligé un châtiment immédiat, celui qui était à leur portée.

Ils ont possédé Roxa. Sur place. Sachant bien ce qu'ils faisaient.

ROXA EST DEVENUE UNE FEMME D'ARGENT. Semblable à eux.

Roxa qui pleure, ne proteste pas. D'Tmir lui hurle :

— Mais défends-toi... Proteste ! Dis-moi qu'ils ont menti !

L'homme aux yeux verts prononce, avec une tristesse infinie, une grande compassion pour le chagrin sans limites du petit prince :

— Elle ne peut pas se défendre... Elle ne peut pas nier... Le gouverneur Hox a trahi Xicor. Ivre d'ambition, il voulait le pouvoir. Pour cela, il a fait appel aux Phoars ennemis, a collaboré avec eux. C'est lui qui a provoqué le soulèvement de ces États du Sud dont il est responsable. Et sa fille, par dévotion pour lui, par ambition aussi sans doute, a joué ce rôle terrible...

Si les larmes de Roxa sont muettes, D'Tmir sanglote violemment. Cette fois contre l'épaule de son vieil ami Wlic'k.

— Roxa... Oh ! Roxa... Je croyais que... que tu m'aimais vraiment !

Cette fois, elle sort de sa torpeur :

— Mais je t'aimais... D'Tmir... Je t'aime... Je t'aimerai toujours !

— Et tu m'as trahi !

— Pas tant que tu crois... Je voulais faire de toi mon époux... Après mon père, nous aurions régné tous les deux...

Elle secoue ses beaux cheveux fauves à reflets d'or rouge. Il voit les yeux d'émeraude embués. Mais Roxa est désormais intouchable. Une femme d'argent.

Brusque, il échappe à Féréol et à Wlic'k, bondit sur elle :

— Roxa... Je t'aime !

Il la saisit, elle, la pestiférée de la force inconnue. Il l'enlace, roule au sol avec elle, écrase les lèvres de la mutée de baisers de fou. Embrasé à la fois de désir et de désespoir, il s'étend sur elle, broyant les petits seins d'une étreinte frénétique. Trop tard pour intervenir ! D'Tmir, lui aussi, va devenir un homme d'argent.

Loob et Dalibert, soumis à la règle de ne prendre contact avec quiconque, n'ont pu intervenir. Ils n'ont touché, violé, pollué, que Roxa la coupable.

Wlic'k est accablé. Féréol se tait.

Un silence de mort règne dans le laboratoire. Avec quatre corps au sol.

Deux hommes gelés encore pour un moment, inertes, endormis.

Un homme qui serre contre lui une femme nue. Un couple qui va sombrer dans la terrifiante mutation et qui, cependant, palpite encore de la plus étrange, de la plus fantastique des heures de volupté...

CHAPITRE XIX

La cité de Xicor vivait dans la fièvre du désespoir.

On souffrait plus que jamais du manque d'énergie et, hors les quelques machines animées par Loxx et ses hommes d'argent, il importait d'en revenir à des moyens primitifs pour se défendre.

Se défendre contre qui ? Toujours privés de communications, ceux de la ville ne savaient ce que préparaient les Phoars. D'autre part, on constatait qu'une escadre inconnue croisait toujours autour de la planète. Ce silence pesait et leur paraissait à tous sinistrement inquiétant. Sans nul doute, l'ennemi se préparait à quelque expédition d'envergure pour en finir avec Ritiger et ses fidèles. Ce qui, en raison des moyens dont ils paraissaient disposer, ne leur serait plus tellement difficile. Aussi des hommes tels que

Wlic'k, Tugoo et autres se préparaient à un suprême combat, à mourir sur place.

Ritiger était sombre. Le sort de son fils, victime volontaire du mortel baiser donné à Roxa dans un élan échevelé, avait achevé de frapper le souverain. Mais, fidèle à son rôle de chef d'État, il continuait à veiller avec tous et à participer étroitement aux travaux de défense.

Loxx travaillait ferme. Non seulement il aidait autant que faire se pouvait à fournir des éléments à la petite armée, mais il continuait la recherche de ce fameux plasma dont il rêvait, matière synthétique qui permettrait, selon lui, le salut des hommes d'argent.

Ces êtres mutés, désormais, étaient au nombre de quatre. Loob et Dalibert d'abord, auxquels se trouvaient joints, par une sombre fatalité, le petit prince D'Tmir et Roxa, la félone.

Si les deux premiers demeuraient courageusement à la disposition du savant qui puisait en eux l'énergie nécessaire à ses expériences, D'Tmir et Roxa vivaient à l'écart, en état second. D'Tmir soucieux de servir jusqu'au bout avait proposé à Loxx de prendre rang parmi ses piles vivantes. Mais Loxx, jusque-là, avait refusé.

Roxa demeurait dans un mutisme absolu. Entre elle et D'Tmir il n'y avait plus de contacts. Chacun avait une chambre isolée. La jeune fille, comme son amant, commençait à présenter les premiers symptômes de la force inconnue incarnée. Son épiderme si charmant virait au gris et se piquetait de brillants plus angoissants que magnifiques. Ce qui était également le cas du petit prince de Xicor.

Quant aux corps des deux héros, Boww et Kipfl, on les avait récupérés pieusement et, auprès des vestiges de Tra'z, ils participaient à la

212

gamme des éléments nécessaires aux expériences de Loxx.

Et puis le prince Ritiger fut informé : l'escadre inconnue descendait vers l'astrodrome de Xicor.

Il vint lui-même à la tête de ses troupes, flanqué d'Igill, de Wlic'k, de Tugoo, et aussi de Féréol. Exceptionnellement Loob et Dalibert avaient quitté le laboratoire et s'étaient installés aux commandes des knats. Les deux formidables engins qui avaient mis en déroute la horde des révoltés du Sud encadrés par les Phoars allaient sans doute livrer leur dernier combat et les deux pilotes ne se faisaient aucune illusion quant au résultat final.

On ne pouvait plus tirer sur les astronefs, au nombre de cinq, qui effectuaient les manœuvres d'atterrissage. Ritiger et tous les Xicoriens, silencieux, visages fermés, voyaient les monstres de l'espace qui commençaient à s'aligner sur l'aire immense.

Cependant, ils avaient, au fur et à mesure que les astronefs se posaient, l'impression très nette qu'il ne s'agissait pas d'appareils venant de Glo.

Et un murmure commença à s'élever :

— Mais... ce sont les Interplanétaires !... L'escadre des planètes fédérales de la Galaxie !...

Pour la première fois, une telle puissance venait sur Xicor. Et les cœurs se soulevaient d'une espérance neuve. Car cette armada, née de l'union des mondes qui se voulaient civilisés, arrivait à point pour les malheureux Xicoriens.

Le personnel de sol, consciencieusement, exécuta les manœuvres nécessaires à la mise en place des vaisseaux spatiaux au sol. Puis, montant d'un puissant micro, une voix s'éleva :

— Ici Amiral Edwin, de la planète Terre, commandant l'escadre A-8 chargée de la milice galactique... Salut au Prince Ritiger, souverain de Xicor et à son peuple !

La stupéfaction était à son comble. Cependant, un sas s'ouvrait et une échelle de coupe se déroula. L'Amiral apparut, entouré de sont État-Major.

On lui présenta un micro. Il prononça, et tous entendirent :

— Je désire tout d'abord entrer en relation avec le chevalier Coqdor !

Ritiger et les siens s'entre-regardaient, sans comprendre.

Alors Féréol se détacha de leur groupe, s'avança, salua l'Amiral et ce fut lui, le Terrien aux yeux verts, qui conduisit le commandant de l'escadre vers le Prince Ritiger, un Ritiger foudroyé, auprès de Wlic'k et de quelques autres qui ne l'étaient pas moins.

C'est ainsi qu'on sut que Coqdor, envoyé depuis la Terre parmi les mercenaires pour percer à la fois le secret de la force inconnue (dont on avait eu des échos) et tenter de sauver Xicor menacé par les Phoars de Glo, perdu parmi les aventuriers, avait mis en œuvre ses fantastiques possibilités psychiques. Subtil médium, il avait à plusieurs reprises subjugué D'Tmir. Et, surtout, en dépit de l'absence de communications, il avait réussi à alerter l'armada par messages télépathiques. Les astronefs fédérés n'étaient d'ailleurs pas loin et exploraient le Poisson Austral. Une équipe de spécialistes était à l'écoute mentale en permanence pour capter les ondes cérébrales de Féréol-Coqdor. Et c'est ainsi que la flotte toute-puissante arrivait (1).

Les Phoars ? Ils redevenaient pacifiques.

_____

(1) Voir « Moi, le feu » — « Coup dur sur Deneb ».

Devant la force. Parce que la fédération leur avait adressé un ultimatum. Parce qu'ils se préparaient, sans avoir repris les hostilités, à retourner vers Glo, leur planète-patrie.

Enfin on sut que l'armada amenait dans les flancs de ses immenses navires un matériel spécialisé qui, pour un temps au moins, allait redonner vie aux centrales de Xicor.

Et la joie fut à son comble parmi les Xicoriens qui se savaient délivrés. Dans le Sud, les choses rentraient dans l'ordre et on apprit promptement le suicide du gouverneur Hox, incapable de survivre à sa honte.

Le Prince Ritiger accorda aux révoltés une amnistie générale. Mais son chagrin demeurait grand, même si, avec l'aide des cosmatelots de la grande flotte, les Xicoriens commençaient à remettre de l'ordre sur la planète.

Wlic'k, Loxx, et Coqdor qui avait retrouvé sa véritable identité, l'entouraient un soir, un de ces soirs relatifs sous un seul des trois pauvres soleils de Xicor, en compagnie de l'Amiral Edwin et de ses officiers.

— Votre Excellence est bien triste, fit remarquer Edwin. Pourtant, la paix revient et je vous promets la prospérité pour Xicor...

— Merci, Amiral. Mais mon fils est perdu !

Alors Loxx se pencha vers le souverain :

— Je ne veux pas encore m'avancer trop, Prince. Mais... je touche au but ! Déjà, j'ai travaillé sur Dalibert. La force inconnue régresse en lui. Son épiderme reprend la couleur normale de la chair...

Un espoir fou passa dans l'âme du Prince :

— Mais alors ? Loxx... Loxx... Vous seriez sur le point de réussir ?

— Je puis presque vous promettre le résultat... Le petit prince D'Tmir est encore faible-

215

ment catalyseur de la force inconnue... Il sera, je crois, assez aisé de l'en délivrer... un peu plus tard !

Une lumière faisait briller les yeux de Ritiger :

— D'Tmir... D'Tmir sauvé... Mais...

Il se rembrunit :

— Et elle ? Elle... Il l'aime toujours... Vous la guérirez aussi, j'imagine... Mais ensuite... Après ce qui s'est passé...

Alors le chevalier Coqdor intervint, avec ce sourire bienveillant qui n'appartenait qu'à lui :

— Rassurez-vous, Excellence !... Vous avez pardonné aux révoltés ! D'Tmir, lui, n'a pas renoncé à son amour... Et Roxa l'aime aussi, j'en suis sûr... Alors ?... Eh bien, dès que le docteur Loxx les aura délivrés, tout comme il l'aura fait pour Loob et Dalibert, je les emmènerai faire un tour chez moi, sur la Terre... Là, ils se reposeront... Ils oublieront... Et l'oubli... c'est le petit frère du pardon !...

FIN.

DÉJA PARUS DANS LA MÊME COLLECTION

A PARAÎTRE :

Achevé d'imprimer le 19 mai 1982
sur les presses de l'Imprimerie Bussière
à Saint-Amand (Cher)

— N° d'impression : 1110. —
Dépôt légal : juillet 1982.

Imprimé en France

PUBLICATION MENSUELLE